별점왕의 좌충우돌 사춘기

별점왕의 좌충우돌 사춘기

펴 낸 날 2021년 11월 24일

지 은 이 황서연
펴 낸 이 이기성
편집팀장 이윤숙
기획편집 이지희, 윤가영, 서해주
표지디자인 이지희
책임마케팅 강보현, 김성욱
펴 낸 곳 도서출판 생각나눔
출판등록 제 2018-000288호
주   소 서울 마포구 잔다리로7안길 22, 태성빌딩 3층
전   화 02-325-5100
팩   스 02-325-5101
홈페이지 www.생각나눔.kr
이 메 일 bookmain@think-book.com

• 책값은 표지 뒷면에 표기되어 있습니다.
  ISBN 979-11-7048-311-3(03810)

   이 도서는 충청북도교육도서관의
   학생 책 출판 지원 프로그램 지원금을 받아 제작되었습니다.

사춘기를 통해 성장하는
벌점왕 형민이의 이야기

벌점왕의
좌충우돌 사춘기

황서연 지음

생각나눔

차 례

벌점왕의
좌충우돌 사춘기

1. 세상은 만만하지 않다

'어떻게 하면 보건실 침대를 차지하고 한두 시간 누워있을까?'

형민은 어제 유튜브를 보다가 새벽 2시가 되어서야 잠이 들었다. 보통 12시 넘으면 잠자리에 들지만 가끔은 새벽까지 게임 유튜브를 보다가 잔다. 게임을 하거나 실시간 게임 방송을 보다가 도리어 잠이 달아나서 밤을 새다시피 하는 날도 있다. 그런 다음 날은 온종일 눈꺼풀이 무겁고 나른해서 수업이고 뭐고 집중이 되지 않았다.

형민네 학교 보건실 침대 요양을 하려면 총 3단계를 거쳐야 한다. 먼저 보건 선생님에게 아픈 것을 잘 어필해서 '보건실 요양 확인서'를 받으면 다음은 담임선생님과 해당 시간 교과 선생님의 허락이 있어야 한다. 보건 선생님은 허락했는데 담임이나 교과 선생님이 의심스러운 눈초리로 그냥 수업 들으라고 하면 별수 없이 보건실 침대는 사라져 버리고 만다. 3단계에서 가장 중요한 것은 보건 선생님의 허락이다. 학교에서 하나밖에 없는 의료인인 보건 선생님이, 학생이 아파서 보건실에서 안정을 취해야 한다고 하면 대부분 선생님은 쉽게 허락해주기 때문이다.

그러나 세상에 공짜는 없다고 했다. 노련한 보건 선생님 머리 꼭대기에 앉아있어야 달콤한 개꿀 휴식을 얻을 수 있다. 잘만 하면 남들 다 공부하는 수업 시간에 달콤한 꿈나라로 날아갈 수 있는 것이다. 형민은 어릴 때부터 해온 수많은 장난 덕에 잔머리가 늘었다고 해야 할까, 꽤 여러 번 보건실 침대 입성에 성공한 이력이 있었다.

형민이 터득한 요령은, 아픈 증상을 잘 선정해서 통증의 정도까지 잘 맞춰야 한다는 사실이다. 경험상 복통 또는 두통이 좋다. 배가 아프다고 하기로 했으면 설사가 좋고, 너무 여러 번 했다고 하면 조퇴를 권하기 때문에 네다섯 번 이하가 좋다. 침대가 비어 있을 때 재수 좋으면 따뜻한 핫팩까지 배에 얹어놓고 쉴 수 있다. 단순 소화불량으로는 어림없다. 소화제 한 알 받아들고 맥없이 돌아서야 하고, 자칫하다간 붙들려 손끝을 따야 하는 불상사가 일어나면 큰일이다.

가장 무난한 것은 겉으로 표시가 나지 않는 두통이다. 그런데 머리 아프다고 하는 애들이 워낙 많아서 자칫하다간 애꿎은 두통약만 꿀꺽 삼켜야 할 수도 있다. 어디가 아프든 엄살을 지나치게 부리면 보건 선생님이 담임선생님에게 인터폰으로 상황을 전달해서 조퇴를 권유하기 때문에 적당히 아프되 수업에 참여하기는 힘든 그 적정선이 딱 좋다.

머리가 아프다고 할 때 억지로 약을 먹지 않아도 되는 방법도 터득했다. 약을 먹는 척하면서 손아귀 안에 약을 숨기고 물만 삼키면 된다. 그래놓고 교실에서 한 시간을 기다리는 것이다. 쉬는 시간에 다시 재빨리 가서 아무 효과 없다고 하면 보건 선생님의 안쓰러운 표정과 함께 친절하게 침대를 인수할 수 있다. 물론 이 방법이 잘 먹히긴 하지만 절대 자주 쓸 수 없다는 점을 잊지 말아야 한다.

마지막 꿀팁은, 한번 침대 안정을 허락받았다고 몇 시간이나 개기려고 들면 과유불급! 무리수를 두다간 그간 쌓아온 신뢰를 통째로 잃어버릴 수 있다. 한 시간 혹은 두 시간을 쉬고 나면 감사한 마음으로 정중히 인사를 하고 두통의 경우에는 훨씬 머리가 맑아졌다고 하거나 복통의 경우에는 배가 편안해졌다고 말해준다. 그렇게 함으로써 보건 선생님이 형민을 침대에 눕힌 것이 옳은 선택이었고, 그 결과에 대한 보람을 느끼도록 해주어야 다음에도 성공 확률을 높일 수 있는 것이다.

'암만해도 내 머리가 나쁜 건 아닌 것 같은데…'

형민은 잔머리 굴릴 때만큼은 머리가 휙휙 돌아가는 것을 느끼며 보건실에 들어가자마자 인상을 잔뜩 썼다.

"선생님, 머리가 빠개질 것 같아요. 약 좀 주세요."

형민은 먼저 밑밥을 깔았다. 보건 선생님은 고막 체온계로 열을 측정하고는 무심히 말했다.

"열은 없고, 어째서 머리가 아픈 거지? 어제 늦게 잤니?"

"평소처럼 잤는데 아침부터 계속 머리가 지끈거려 죽겠어요. 좀 누워서 쉬면 좋아질 것 같아요."

형민이 일부러 머리를 손으로 탁탁 쳤다.

"따뜻한 물 한잔 먹고 일단 참아봐. 그러다가도 또 말짱해질 수 있거든."

"아, 머리가 너무 아픈데… 한 시간만 참아볼게요. 그래도 아프면 이따가 다시 올게요."

형민은 자신의 연기력이 꽤 자연스러웠다고 생각하며 씩 웃었다. 이제 다음 쉬는 시간에 다시 오면 계획이 성사되겠다는 마음에서였다. 기가 시간 동안 공부를 하는 둥 마는 둥 하고 쉬는 시간 종이 치자마자 보건실로 달려갔다.

"선생님, 머리가 계속 아파서요."

"그렇구나, 그런데 침대에 자리가 없어. 이 약을 먹어봐라."

보건 선생님은 두통약을 내밀었고 형민은 아쉬운 마음에 우물쭈물하면서 말했다.

"침대가 다 찼어요?"

"응, 오늘따라 환자가 많네. 너무 많이 아프면 조퇴할래?"

"아니요. 약 먹어볼게요."

형민은 조퇴라는 소리에 황급히 보건실을 나왔다. 조퇴는 되도록 하지 않기로 마음먹었기 때문이다. 조퇴는 그냥 해주는 게 아니다. 담임선생님이 보호자에게 연락을 하고 나서야 조퇴가 이루어지기 때문에 괜히 없는 일을 만들 필요는 없다. 엄마나 아빠나 학교에서 연락을 받으면 형민이 골치만 아프다. 세상은 그렇게 만만한 게 아니다.

2. 새로미, 나의 새로미

하교 후 형민은 친구 용우와 함께 학교 근처 '아무 때나 떡볶이' 집에서 간식을 먹기로 했다. 이 집은 떡볶이만 파는 것이 아니라 여러 가지 튀김과 함께 순대도 팔았는데, 주메뉴는 떡볶이였다.

"야, 떡볶이 뭐랑 먹을래? 김말이, 오징어 튀김, 순대?"

형민은 자신이 좋아하는 것들을 읊으며 용우에게 말했다.

"네가 사주는 거니까 네 맘대로 시켜."

"이 자식, 웃겨, 내가 왜 사? 더치페이 몰라?"

용우가 튀김을 고르다 말고 심드렁하게 말했다.

"농담이지, 내가 돈이 없냐, 매너가 없냐."

용우와 형민은 매콤달콤한 떡볶이 국물에 튀김 조각을 찍어 먹으면서 학교 얘기를 했다. 내일 있을 영어 듣기 평가가 걱정되었지만, 귀가 하루아침에 뚫릴 리도 없고 영어는 잘하는 애들이 늘 정해져 있었다. 이미 초등학생 때 어학연수를 다녀온 애들이나, 원어민 강사에게 몇 년째 과외를 받는 애들은 귀도 뚫리고 혀까지 꼬부라진 것 같았다.

형민은 갑자기 뭔가 생각난 듯 입속에서 혀를 가로로 접어보고 세로로 접어보았다. 세로로는 접히는데 가로로는 잘 접히지 않았다. 형민의 입 모양이 이상한지 용우가 순대를 먹다 말고 물었다.

"너 지금 뭐 하냐?"

"야, 너 혀를 접을 수 있어? 난 잘 안되거든."

"뭐, 이런 거?"

용우는 씹던 순대를 얼른 삼키고 혀를 내밀더니 밭고랑처럼 꼬불꼬불하게 접어 보였다.

"야, 너 그거 어떻게 한 거냐? 완전 신기하다."

형민은 용우의 혀가 그토록 자유자재로 움직이는 것에 감탄을 금치 못하며 웃었다.

"그냥 저절로 되더라고. 내 혀가 좀 유연한 것 같아."

용우는 어깨를 으쓱했다.

형민은 혀를 내밀어 이리저리 접어보려 했으나 역시 우스꽝스러운 모습만 연출하고 말았다.

"혀가 그렇게 잘 꼬부라지는데 너 영어 못하는 거 보면 혀랑은 아무 상관이 없나 보다."

형민은 큭큭대며 말했다.

"영어? 난 영어만 생각하면 욕 나와. 내가 영어학원을 몇 년을 다녔는데 아직도 입이 안 떨어진다."

영어 울렁증이 있는 용우가 흥분해서 말했다.

"난 공부 자체가 싫다! 듣기 평가 생각하니까 머리 아프려고 한다."

쉴 새 없이 입안에 빨간 떡볶이를 넣으며 떠들고 있을 때였다. 출입구 쪽에서 여자애 둘이 들어왔다. 형민은 그중 한 명을 보고는 목소리를 낮췄다.

"야, 쟤 어때? 단발머리. 초등학교 5학년 때 같은 반이었던 새로미라는 앤데 얼굴 좀 되지 않냐?"

용우는 고개를 돌려 보더니 슬쩍 웃으며 말했다.

"응, 뭐 예쁜 편이네. 근데 너 쟤한테 관심 있어?"

"그냥 좀…. 옛날엔 농담도 잘하고 그럭저럭 친하게 지냈는데 중학교 들어오고 나니까 이상하게 어색해지더라고."

"네가 어쩐 일이냐, 낯을 다 가리고."

"아니, 초등학생 때는 다 같은 반 하다가 중학생 되니까 남자반 여자반으로 나눠놓았잖아. 그러니까 그렇지. 어떤 학교는 합반하는 데도 있다던데."

형민은 그러면서 흘끔흘끔 새로미를 봤다. 새로미는 형민을 못 본 척하는 건지 고개 한번 돌리지 않고 같이 온 친구와 함께 앞쪽 대각선에 있는 테이블 쪽에 앉았다. 새로미는 확실히 초등학생 때 보다 부쩍 성숙한 모습이었다.

'새로미한테 말을 걸어볼까? 떡볶이 먹으러 왔냐고 자연스럽게 말해볼까?'

형민은 입으로는 용우와 수다를 떨면서 머릿속으로는 새로미한 테 말 걸 생각만 하고 있었다. 그러나 현실은 새로미에게 말을 걸 어보기는커녕 눈이라도 마주칠까 봐 슬쩍슬쩍 쳐다보기만 했다. 그때였다.

"앗! 휴지 좀!"

새로미의 다급한 소리였다. 형민이 쳐다보니 새로미 교복 치마 위 에 빨간 떡볶이 한 개가 떨어져 있었다. 친구가 준 휴지로 급하게 떡볶이를 집어 테이블 위에 놓았지만 이미 새로미의 갈색 체크무늬 교복 치마에는 빨간 양념이 눈에 띄게 묻어 있었다.

'가방에 물티슈 있는데 꺼내줄까, 아니야, 오바야.'

형민은 새로미가 벌떡 일어나 집으로 가버릴까 봐 조바심이 났다. 평소에 그토록 잔머리가 잘 돌아가는 형민이었지만 이상하게 머리가 멍하고 답답한 느낌이었다.

"야, 학원 갈 시간 됐다. 다 먹었으니 이제 일어나자."

눈치가 별로 없는 용우는 가방을 주섬주섬 챙기며 일어섰다. 형민은 좀 더 앉아있고 싶었지만, 특별히 할 말이나 행동이 떠오르지 않아 엉거주춤 따라 일어섰다. 계산은 형민이가 서둘러 했다.

"야, 이 자식, 그럼 다음엔 내가 살게."

용우는 형민과 주먹인사를 하고는 버스를 타고 가버렸다. 학원으로 터덜터덜 발걸음을 옮기는 형민은 새로미 얼굴을 떠올리며 어떻게 해야 사귈 수 있을까 생각에 빠졌다.

다음 날 복도에서 새로미를 스쳐 지나갈 때 형민은 자신도 모르게 새로미 치마에 눈이 갔다. 어떻게 지웠는지 빨간 양념 자국은 말끔히 지워져 있었다. 사회 시간에 형민은 연습장에 "새로미, 나의 새로미." 이렇게 써놓고는, 새로미와 사귀는 상상을 했다. 형민이 입을 벌리고 '아~' 하고 있으면 새로미가 떡볶이 하나를 먹여주는 생각을 하니 절로 미소가 번졌다.

'새로미와 눈이 마주치고 찌릿! 전기가 통하면 우리는 드라마처럼 뽀뽀를….'

마음속으로 감미로운 BGM까지 넣어주며 여기까지 상상하자 아랫도리가 꿈틀거리려고 했다.

'에이, 얘는 왜 시도 때도 없이 일어나.'

사회 선생님은 아무것도 모르고 열심히 가르치고 있었다. 형민은 할 수 없이 엄마와 아빠를 떠올렸다. 서로 냉랭한 표정의 부모님을 떠올리자 아랫도리는 급격히 진정되었다.

'쳇! 공부는 해서 뭐해.'

형민은 턱을 괴고 연습장에 새로미 얼굴을 그리며 낙서를 하다가 결국 엎드려 잠을 자고 말았다.

학교 3층 계단 옆에는 커다란 게시판이 있었다. 학생들의 자유로운 의견을 수렴하고자 학교에서 화이트보드를 설치한 것이었다. 학생들은 내키는 대로 게시판에 낙서했다. 낙서가 가득 차면 누군가가 깨끗이 지웠고, 그러면 학생들은 또다시 낙서하곤 했다. 내용은 대체로 건의 사항이었는데 몇 가지 예를 들자면 이런 것들이었다.

헬스장을 설치해주세요

여학생과 합반을 해주세요

화장실에 비데를 설치해주세요

원격수업을 원해요

급식을 더 맛있게 해주세요

학교에 베이커리 카페를 만들어주세요.

교복을 바꾸어 주세요

수학여행을 가고 싶어요

**빵집 팥빙수 맛있다

2-2 앞문 고장

우리 학교도 교생 선생님을!

내 꿈은 배우, 난 잘생겼으니까

어느 날 게시판 한가운데에 '김형민 ♡ 김새로미' 이런 낙서가 커다랗게 쓰여있었다. 3교시가 시작되기도 전에 그 내용은 형민과 새로미 귀에 들어갔고, 형민은 누가 그런 장난을 쳤냐며 가만두지 않겠다고 소리쳤고, 새로미는 얼굴이 새빨개진 채로 발끈했다. 빠른 걸음으로 달려가다시피 해서 게시판을 눈으로 확인하자마자 즉시 교무실로 찾아가 낙서를 쓴 범인을 잡아달라고 담임선생님에게 조사를 요청했다. CCTV 확인 결과 뜻밖에도 형민이 범인으로 지목되었다. 아침 일찍 등교해서 텅 빈 게시판 가운데 크게 써놓고 교실로 들어갔는데 그날따라 학생들이 낙서를 거의 하지 않았던 것이다.

형민은 교무실로 불려가 담임선생님에게 솔직하게 털어놓았다. 옆 반 새로미에게 어떻게 다가가야 할지 몰라서 이런저런 궁리를 해보다가 게시판에 낙서를 해보고 새로미 반응이 나쁘지 않으면 그때 가서 대시해보려고 했다는 내용이었다.

"막상 이렇게 들통이 나버리니까 너무 창피해요."

"새로미한테 가서 미안하다고 사과하는 게 좋겠다. 그리고 다음부터는 좋아하는 사람이 생기면 앞에서 고백해 보렴. 거절당하면 깨끗이 받아들이고."

마음 같아서는 바로 사과를 하고 싶었지만 차마 용기가 나지 않았다. 잔머리를 이리저리 굴려봤지만 뾰족한 방법이 생각나지 않았다. 결국, 용우한테 부탁해서 쪽지를 전달했다.

"어떻게 마음을 전해야 할지 몰라 유치하게 행동했어. 당황하게 해서 미안해."

고치고 고쳐 쓴 진심 어린 사과였다. 새로미는 다음날 용우 편에 쪽지를 보내왔다.

"사과를 받아줄게. 다시는 그러지 마."

내용으로 봐서 새로미는 역시 형민을 학교 친구 이상으로 생각하지 않는 것 같았다. 혹시나 하고 한 가닥 희망을 가지고 사과 쪽지를 썼던 형민은 씁쓸한 기분을 재확인했다. 학교에서는 형민을 그냥 넘길 수 없어서 봉사활동 1시간과 반성문을 쓰도록 했다. 그날 형민은 연습장에 이렇게 썼다.

완전 망했다. 으! 생각할수록 쪽팔린다.

괜히 나만 좋아하다가 이게 뭐야?

도대체 사랑을 어떻게 표현해야 하는 거지?

용기 내서 고백?

거절당하면?

그냥 그걸로 끝이지 머.

누가 나를 좋아하는데 내 스타일이 아니면?

대놓고 싫다고 말하면 상처받겠지?

둘이 좋아하는 건 진짜 어려운 일이네.

에잇!

3. 벌점왕

형민의 담임교사인 강성식은 국어교과목 선생님으로, 마흔이 조금 넘었는데 머리카락이 희끗희끗해서 머리카락 색만 보면 오십 대 후반이라고 해도 믿을 것 같았다. 5월 초쯤 어느 날 점심시간에 2학년 선생님들은 교무실에서 사춘기 학생들 지도의 어려움을 토로했다.

"확실히 2학년이 1, 3학년 학생들보다 벌점이 많은 것 같죠?"

"그러게요. 오죽하면 중2병이라는 말이 나왔겠어요?"

"사춘기 때는 뇌가 리모델링 한대요. 그래서 함부로 건드리는 거 아니래요."

"벌점이 너무 많은 애들, 어떻게 하죠? 불러놓고 얘기해도 그뿐이에요."

"어떤 애들은 풍랑 속의 돛단배 같다니까요."

강성식 교사는 형민을 떠올리며 '풍랑 속의 돛단배'라고 나지막이

읊조렸다. 그러곤 교무실에 마침 심부름 온 학생을 시켜 점심시간이 끝나기 전에 형민을 교무실로 불렀다.

"형민아, 너 벌점이 얼만지 아니?"

"500원요?"

형민은 담임선생님 눈치를 살피며 히죽거렸다. 담임선생님은 형민의 이런 행동에 대해 평소에 잘 알고 있었다. 그러나 진지하게 벌점에 관해 얘기하는 순간에도 장난치는 형민이 한심하게 느껴졌다.

"야, 이 자식아, 넌 웃음이 나오니? 네가 전교에서 벌점이 제일 많아, 알아?"

"몇 점인데요?"

그제야 형민은 정신이 번쩍 났다. 왜냐하면 벌점 점수가 30점이 넘으면 학교에서 집으로 연락을 해서 부모님이 알게 되기 때문이다. 중1 때인 작년에도 벌점이 쌓여 봉사활동을 여러 차례 해서 벌점을 깎았다.

"3월, 4월 겨우 두 달 지났는데 벌써 벌점이 35점이나 된다."

"선생님, 저 벌점 깎게 봉사활동 시켜주세요. 집에 연락하지 마세요."

"집에 연락하는 거 싫은 애가 왜 이렇게 벌점을 벌어놨어?"

"…."

형민은 그제야 머리를 긁적이며 고개를 숙였다.

"여기 봐라. 수학 시간에 책상 위에 풀칠하고 휴지로 도배하다가 걸려서 벌점, 음악 시간에 노래 부르는 친구 엉덩이 뒤에 가서 야한 춤을 추다가 벌점, 쉬는 시간에 난간 미끄럼 타다 벌점, 선생님이 지적하는데도 배 째라 하고 계속 장난쳐서 벌점, 아주 다 말을 할 수가 없다. 찬란하다. 찬란해."

선생님은 모니터를 보며 형민의 벌점 내용을 쭉 훑었다.

"전 수업이 재미도 없고 지루하길래 그냥 장난친 거예요."

"3층 동쪽 남자 화장실에 똥이 안 내려간 칸이 있다고 하더라. 애들 말로는 아무리 물을 내려도 꿈쩍도 안 한다고 하던데 어떻게 한번 치워볼래?"

"그거 하면 벌점 얼마나 깎아주실 건데요?"

"2점."

"좋아요. 이따 쉬는 시간에 제가 치울게요."

"너 벌점 아직 많이 남아서 수업 다 끝나면 미술실 청소도 해라. 그럼 또 2점 깎아줄게."

형민은 미술실 청소까지 하기로 하고 수업 때문에 일단 교실로 들어갔다.

"너 교무실에 왜 불려갔다 왔어?"

옆자리 친구 용우가 호기심 가득한 눈으로 물어봤다.

"벌점 때문에…."

그 순간 도덕 선생님이 들어오는 바람에 대화가 끊겼다.

'얼마나 큰 똥을 싸놨길래 똥이 내려가질 않는다고 하지?'

형민은 도덕 시간 내내 교과서에 똥을 그리며 낙서를 하고 시간을 보냈다. 5교시가 끝나고 화장실에 가보니 2학년 아이 셋이 소변기에서 오줌을 누고 있었다. 동쪽 화장실 대변기에는 양변기 2칸, 재래식 좌변기 2칸이 있는데 그놈은 재래식 좌변기 안에 굵직하고 시커멓게 자리 잡고 앉아있었다. 자기 똥도 더럽지만 남의 똥은 정말 눈뜨고 못 볼 꼴이었다. 거기에 냄새까지 지독하게 풍겨 순간 망설였지만, 이내 마음을 다잡고 물을 내려보았다. 선생님 말씀대로 똥은 끄떡도 하지 않았다.

"어떤 새끼야, 많이도 싸놨네. 으~, 더러워."

할 수 없이 화장실 청소 도구 칸에서 집게를 찾아들었다.

"형민아, 너 뭐해? 똥 치울라구?"

작년에 같은 반이었던 경환이가 눈치가 빨랐다.

"그래 인마, '나'님이 봉사활동 중이시다."

"우와! 대박! 야, 우리 구경하자."

한 녀석은 더럽다며 교실로 가버리고 경환이와 다른 반 애가 코를 감싸 쥐고 형민을 지켜보았다. 형민은 집게 끝에 힘을 주어 똥을 여러 조각으로 쪼갠 후 물을 내려버렸다. 그런 다음 청소 솔로 변기 안쪽 바닥에 묻은 똥 찌꺼기를 문질러 떼어내고 다시 물을 내렸다.

'더럽지만 집에 벌점 알려지는 것보다야 백번 낫지.'

형민은 손을 씻고 씩씩하게 교실로 들어갔다.

그 일을 마치자 친구들 사이에서는 '벌점 까려고 똥까지 치운 애'로 불렸다. 경환이가 반에 얘기한 게 금세 형민네 반까지 돌아 다음날이 되자 아이들 몇이 형민에게 눈을 크게 뜨며 다가왔다.

"야, 너 정말 벌점 까려고 똥 치웠냐? 대단하다. 정말."

"똥이 뭐 별거냐, 야, 근데 누가 싼 거냐? 젠장, 똥 진짜 크더라."

그러자 주변의 남자애들은 킥킥거리며 웃었다. 그 웃음 속에는 놀림도 있지만, 반 분위기를 볼 때 자신들은 죽었다 깨어도 못할 것 같은 것을 형민이 했다는 경외심도 한 움큼 들어있는 것 같아 형민은 약간의 쾌감까지 느꼈다. 그렇긴 해도 두 번 다시 똥을 치우고 싶진 않았다.

봉사활동으로 상점을 받아 벌점이 깎이긴 했지만, 형민은 수시로 벌점을 벌기 때문에 친구들 사이에서도 말썽꾸러기나 관종 이미지가 늘 따라다녔다. 흔히 말하는 일진은 아니었고, 학교에서 포기한 학생도 아니었지만 자잘한 말썽꾸러기로는 둘째 가라면 서러울 지경이었다.

작년에도 학교에서 사고 친 일로 얼마나 잔소리를 들었는지 모른다. 한번은 친구 문기 생일날이었다. 생일빵을 먹여주겠다며 주먹으로 문기 어깨를 친 것이 마침 들고 있던 우산으로 방어하는 바람에 형민이 손가락 하나가 부러진 일도 있었다. 자승자박이라 누구한테 하소연도 못한 채 아빠한테는 그냥 교실에서 장난치다가 다친 것이라고 둘러댔다.

친구를 다치게 한 일도 있었다. 하마터면 큰일 날 뻔한 일이었다. 그날 형민은 반 친구 성호와 둘이서 누구 머리가 더 돌머리인가 하는 비생산적인 논쟁을 하고 있었다. 상대방의 머리가 더 돌이라고 놀리다가 그렇다면 어디 한번 누구 말이 맞는지 실험해 보자며 형민은 자신의 머리로 반 친구 머리를 냅다 들이받아 버린 것이다. 희한하게도 형민 머리는 멀쩡했지만, 성호는 즉시 두 손으로 머리를 감싸며 바닥을 굴렀다.

"내가 더 돌머리다. 성호야, 아하하하!"

"아으으으~."

잠시 후에도 성호가 일어나지 않자 강 건너 불 보듯 하던 반 친구들이 그제야 몰려들었다.

"야! 너 무슨 짓을 한 거야?"

"머리 깨진 거 아니야?"

친구들이 엎드려 있는 성호 머리를 살피더니 주먹을 쥐어 보이며 형민에게 소리쳤다.

"혹이 이따만 해, 형민아, 너 성호 데리고 빨리 보건실에 가 봐."

형민이는 자신의 머리가 멀쩡했기에 설마 했는데 거짓말 조금 보태서 주먹만 한 혹이 나 있었다.

"어? 정말이네, 많이 아파?"

"아으으으~."

결국, 성호는 응급실로 실려 갔고 지켜보면서 안정을 해야 한다고 해서 입원까지 했다. 걱정된 형민은 아빠와 함께 병문안을 다녀왔다. 하루 정도 입원해서 경과를 지켜보고 별일 없으면 퇴원해서 안정을 취하면 된다는 얘기를 들었다. 형민은 아빠에게 혼쭐이 났다. 아빠는 병원비 일체를 대기로 하고 성호 부모님에게 수없이 미안하다고 빌고 왔다. 형민은 그날 밤 기분이 울적해져서 연습장을 꺼냈다.

"내가 장난친 걸로 성호가 크게 다쳤다. 난 성호가 그렇게 머리를 다칠 것이라곤 미처 생각하지 못했다. 그냥 아야! 하고 말 줄 알았는데 응급실에 실려 가고 병원에 입원까지 하게 되니 너무 미안하다. 제발 아무 탈 없이 나아서 왔으면 좋겠다. 내 머리는 이렇게 멀쩡한데, 정말 내 머리가 돌인가 보다. 바보 같은 김형민 ㅠ."

4. 부모님은 별거 중

"야 이 자식아! 넌 언제 철들래? 왜 멀쩡한 친구 머리를 박치기 해서 입원까지 하게 만들어? 머리가 얼마나 중요한 덴 줄 몰라?"

성호가 퇴원하는 날, 병원비를 성호 부모 쪽으로 이체하고 나서 다시 한번 화가 치민 아빠가 잔소리를 내뱉었다.

"죄송해요."

아무 할 말이 없는 형민은 그저 도망갈 쥐구멍이나 찾는 기분이었다.

"중학생이나 된 놈이 아직도 그렇게 철이 없어서 어떻게 할래? 너 엄마가 집 나갔다고 일부러 나 보란 듯이 말썽 피우는 거니?"

형민은 속으로 열심히 반성하고 있다가 엄마 얘기가 나오자 갑자기 반감이 생겼다.

"일부러 그런 건 아니에요."

"에휴! 엄마가 없으니 애가 이 모양이지. 쯧쯧…."

형민 아빠는 자식의 잘못을 아내 탓으로 돌리며 혀를 찼다. 형민은 짜증이 나서 신경질을 부리려다가 꾹 참고 속으로만 대꾸했다.

'아빠가 잘 키우면 되지, 아빠는 뭐 완벽한가.'

아빠는 흔히 말하는 꼰대에 속했다. 자신이 세상일을 가장 잘 알고 있는 사람인 것처럼 말하고 행동했다. 엄마나 형민에게 늘 가르치려고 했다.

"내 말대로 하라 그랬지?"

아빠가 제일 자주 하는 말이었다.

퇴근해서 집에 돌아오면 소왕국의 왕처럼 군림했다. 형민 엄마에게 "배고파, 밥 줘." 소리에서부터, "가뜩이나 입맛 없는데 반찬이 이게 뭐냐, 물 좀 떠와라, 양말 어딨느냐, 여자가 좀 깔끔해야지 집 구석이 이게 돼지우리지 사람 사는 집이냐, 남편 알기를 얼마나 우습게 아는 거냐." 이런 식으로 무시하고 함부로 했다.

엄마한테만 그런 것이 아니라 형민에게도 비슷했다. 아빠는 주먹을 휘두르는 사람은 아니었지만, 말로 상처 주는 일은 비일비재했다.

"하나밖에 없는 아들놈이 아빠가 퇴근해서 집에 와도 엎드려 처

자는지 코빼기도 안 보이냐, 공부해서 남 주냐, 나중에 뭐가 되려
고 그렇게 놀기만 하냐?"

평소에 관심도 별로 없다가 혼낼 일만 생기면 빠짐없이 잔소리를
했다. 정작 아빠는 골초에 술도 일주일에 서너 번은 기본이었다. 키
우던 고슴도치가 암에 걸려 죽었을 때 슬퍼하는 형민에게 "남자가
되어서 그까짓 일로 눈물을 보여? 내 저놈의 고슴도치, 진작에 내
다 버릴걸." 이런 잔인한 말도 서슴지 않았다.

인근 동네에서 카센터를 운영하는 아빠는 자신이 집안의 가장이
며 어른이라는 생각을 굳게 가지고 있는 사람이었다. 남자라면 당연
히 남자의 역할이 있다고 믿었고 여자는 여자 할 일이 따로 있다고
믿었다. 형민은 꼰대 같은 아빠의 모습이 가장 싫었다. 얘기도 통하
지 않고 다정한 말을 들어본 지가 언제인지 기억도 잘 나지 않았다.

엄마는 결혼 전에 건설회사 사무실 경리를 하다가 결혼 후 아기
를 가지고부터 그만두고 그 후로 살림과 육아를 전담했다. 살림은
해도 해도 끝이 없었고 육아는 지치는 일이었다. 주말이라도 좀 쉬
고 자신만의 시간을 갖고 싶었지만, 카센터는 쉬는 날이 거의 없이
운영했기 때문에 아빠는 아빠대로 피곤하다는 이유로 집에 오면

꼼짝을 하지 않았다. 지친 부부는 작은 일로도 툭하면 큰소리를 냈다. 엄마는 살림과 육아를 전담하는 일이 바깥일보다 결코 편한 것이 아님을 설파했지만, 아빠에게는 어림도 없는 소리였다.

"집에서 편하게 애만 보면서 무슨! 밖에 나가서 일을 해봐. 얼마나 스트레스를 받는지 알아?"

"당신이 한번 집에서 종일 애만 봐봐. 그런 소리가 나오나."

이렇게 반박을 해도 아빠는 애 보는 것을 우습게 생각했다. 그럴 때마다 엄마는 가슴이 답답하고 화가 치밀어 올라왔다.

"당신이 할 줄 아는 게 뭐 있어? 집에서 밥이나 할 줄 알지."

자존심이 상한 엄마는 형민이 초등학교 들어가자마자 집 근처 부동산사무실에 중개인으로 취업했다. 처음엔 자격 없이 들어갔지만 2년을 공부해서 자격증도 땄다. 아빠는 그런 엄마를 비웃었다.

"거기 다녀서 돈을 얼마나 번다고, 집안에서 얌전히 살림이나 할 것이지."

그러나 부동산중개인 일자리는 차츰 돈이 되기 시작했다. 주변에 아파트가 계속 생기면서 매매가 활발했다. 더구나 엄마는 수완이 좋았다. 언젠가부터 아빠가 벌어오는 돈보다 엄마의 수입이 많아지기 시작했다.

아빠는 뜻밖에 엄마가 돈을 잘 벌어오는 것에 놀라는 눈치였으나, 수입과 상관없이 집안일에 나 몰라라 하면서 살았다. 엄마는 여전히 빨래며 저녁 식사며 청소를 혼자 하다시피 했다. 아빠가 한 집안일은 주말에 분리수거와 청소기 한번 돌리기 정도였다. 가사분담을 요구해도 그건 여자의 일이라며 선을 그었다. 아들인 형민도 보는 눈은 있었다. 같은 남자라서 아빠 편을 들어주려고 해도 이건 아니다 싶었다.

형민 엄마는 형민이 중학생이 되자 결국 도저히 못 참겠다며 이혼을 요구했다. 아빠는 도리어 화를 내며 이혼은 절대 해주지 않겠다고 했다. 그러자 엄마는 별거를 하자고 했다. 아빠는 아들을 데리고 나갈 생각은 꿈에도 하지 말라고 했다. 결국, 엄마는 혼자 집을 나가버렸다. 엄마는 집을 나가기 전에 형민에게 미리 말을 했다.

　"형민아, 미안하다. 엄마가 아빠랑 도저히 못 살겠다. 너 데리고 이모가 있는 성남에 가서 살려고 했더니 아빠가 혼자 나가란다. 너만 좋으면 데리고 가고 싶은데 넌 어때?"

　"난 안 갈래. 엄마도 그냥 여기에서 살면 안 돼? 말 잘 들을게."

　"너 때문이 아니야. 아빠 때문에 화병에 걸려 죽을 것 같아. 그동안 얼마나 많이 참고 살았는지 아니? 이제 너도 중학생이니까 네 일은 알아서 할 수 있겠지?"

　"몰라!"

　"조금만 참고 있어 봐. 자주 전화할게. 너도 자주 연락해야 한다."

　엄마가 집을 나간 지 벌써 1년이 다 되어간다. 물론 형민이 활발한 성격인 데다 엄마가 초등학생 때부터 일하기 시작하면서 혼자 간단히 밥 같은 건 해결할 수 있었다. 엄마는 집을 나가기 전 형민에게 간단한 집안일을 알려주었다. 세탁기 돌리는 법, 화장실 청소 법, 냉장고 사용 팁, 포장 음식 가게 전화번호, 화분에 물 주기까지 형민이 할 수 있는 모든 일들을 알려주었다.

집안은 어떻게든 돌아가긴 했다. 아빠는 처음엔 화가 머리끝까지 나서 노발대발했지만, 차츰 기가 죽으면서 형민한테 물어 배달 음식을 시키고 빨래도 돌리고 했다. 담배와 술이 더 늘었고, 형민에게 다정하게 대하다가도 문득문득 짜증을 부렸다. 그럴 때면 형민은 같이 짜증이 솟구쳐 집을 나가버리고 싶었다. 형민은 일을 이렇게 만든 아빠가 원망스러웠다. 몇 번이고 엄마한테 가버릴까 생각했다. 형민은 1년 새 키가 10cm나 자랐지만, 마음은 여전히 어린이 같은 느낌이었다.

'난 아직 엄마가 필요한데 이렇게 나를 버리고 나가버리다니 엄마는 너무 이기적이야. 엄마가 아빠한테 짜증이 나는 것은 이해하지만 내가 조금 더 클 때까지 참아줄 순 없었나?'

형민에게 아빠는 정이 가지 않는 존재였고, 엄마는 서운한 존재였다.

처음 한두 달은 엄마가 열심히 형민에게 연락을 해왔다.

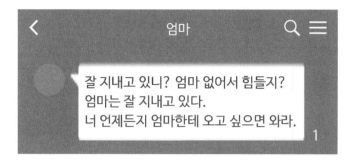

이런 내용이었다. 형민은 자신을 두고 나가버린 엄마한테 서운한 마음에 한동안은 엄마의 카톡 문자를 읽지 않기도 했다.

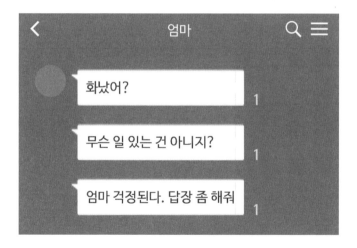

그러다가 점차 아빠와의 생활이 익숙해지고 형민이 스스로 할 일을 해나가면서 답 문자를 하기도 하고 먼저 연락도 했다. 엄마한

테 연락할 때는 아빠가 주는 용돈 외에 더 용돈이 필요할 때와 몸이 아플 때, 뭔가 매우 속상한 일이 있을 때다. 특히 몸도 마음도 아플 때면 엄마가 많이 생각났다. 아니 자주 엄마가 필요했다.

- 엄마 오늘 급식 뭐 나왔는지 알아? 베라가 나왔어. 베라! 베스킨라빈스! 애들 다 흥분해서 난리, 무슨 맛이었냐고? 슈팅스타랑 사랑에 빠진 딸기 중 하나 고르는 거였는데 난 당근 슈팅스타지! 얼마나 맛있었다구! 다음에는 민초 먹고 싶다.

- 오늘 내 친구 트림이 있지? 트림 많이 한다고 내가 놀린다는 애, 걔가 트림을 연달아 다섯 번이나 했어. 얼마나 웃겼는지 몰라. 껄껄껄 꺼억꺼억! 우하하하!

- 엄마, 오늘 나 수학 선생님한테 칭찬 들었다. 나보고 도형 기억력이 좋대. 수업 시간에 도블게임이라고 보드게임 있잖아. 그거 PPT 화면에서 잠깐 띄워주고 알아맞히라고 했는데 내가 되게 빨리 맞혔잖아.

이렇게 아무 얘기나 떠들고 싶었다. 하지만 전화로는 그렇게 떠들기 쉽지 않았다.

'엄마는 분명히 리액션 짱이었을 텐데.'

엄마가 떠나고 나서 아빠가 늦게 오거나 혼자 있는 시간이 많을 때면 우울한 기분이 들었고 학교에서는 이유 없이 감정변화가 들쭉날쭉했다. 그게 싫어서 형민은 끊임없이 움직였다. 가만히 있으면 자꾸만 기분이 가라앉지만 움직이면 좀 덜하기 때문이었다. 교실에서 일부러 계속 장난치고 선생님 말꼬리를 잡으며 친구를 웃기려고 하는 것들은 모두 형민의 생존 법칙 같았다. 그것이 가끔은 사고나 사건으로 이어지는 것이 문제였다.

형민은 집에서는 말수가 많지 않았다. 엄마가 있을 때는 그래도 엄마와 이런저런 대화를 했지만, 지금은 아빠와 둘 뿐이었다. 저녁에 학원을 마치고 집에 가면 아빠는 아직 오지 않았거나, 소파에 잠들어 있거나, 아니면 혼자 TV를 보고 있었다. 그런 날이면 형민은 조용히 방으로 들어가 유튜브를 본다든지 게임을 한다든지 책을 읽다가 잠이 들었다. 아빠가 늦게 들어오는 날에는 집안을 가득 채운 적막이 싫어서 혼잣말하거나 노래를 부르곤 했다. 오늘은 크라잉넛의 「명동콜링」 노래를 크게 불러제꼈다. 카더가든 노래로 처음 접했는데 결국 원곡이 더 좋아진 것이다.

"쇼윈도 비친 내 모습

인간이 아냐 믿을 수 없어

밤하늘 보름달만 바라보네

보고 싶다, 예쁜 그대 돌아오라

나의 궁전으로

바람 불면 어디론가 떠나가는

나의 조각배야

갑자기 추억들이 춤을 추네."

형민은 기타 치는 몸짓을 하면서 흥겹게 노래를 부르려고 했지만 새로미도 떠올랐다 엄마도 떠올랐다 하면서 이상하게 슬퍼졌다. 노래를 한참 부르고 있는데 현관문 비밀번호 누르는 소리가 들렸다. 형민은 바로 노래를 멈추고 자신의 방으로 들어가 버렸다.

5. 글을 써보다

5월 중순이 되자 학교에서는 흡연 예방 문예 대회를 열었다. 이번에는 상품이 흔한 문화상품권이 아니라 학교 앞 맛나 빵집 쿠폰이었다. 평소에는 학교에서 무슨 대회를 한다고 하면 특별히 그쪽으로 재능이 있는 학생들만 관심을 보일 뿐 듣는 둥 마는 둥 했는데 이번에는 반응이 달랐다. 학년별로 1등 1명, 2등 2명, 3등 3명을 뽑아 학교장 상장과 맛나 빵집 쿠폰을 주는데 1등은 5만 원짜리 쿠폰, 2등은 3만5천 원, 3등은 2만 원짜리 쿠폰을 준다는 것이었다. 문화상품권이 아니라는 말에 게임 좋아하는 학생들은 아쉬워하기도 했다.

그러나 맛나 빵집은 지역에서 유명한 도넛 맛집이었다. 프랜차이즈 제과점이 아니라 개인이 하는 삼십 년 된 빵집인데 TV 「생활의 발견」에 나오고부터는 더욱 유명해졌다. 도넛에서부터 식빵까지 바삭하고 부드러운 특유의 식감을 잘 살려 만들었기 때문에 시간을 제때 맞추지 못하면 줄 서서 사야 했다. 맛있는 빵은 오전에 이미 매진되기도 해서 학생들이 하교할 때쯤엔 없는 빵이 많았다. 빵을 좋아하는 학생들은 아예 등굣길에 사 와서 몰래 먹는 일도 있었다.

여름에는 팥빙수도 팔았는데 우유를 얼려 곱게 간 데다가 팥고물을 직접 만든다는 것이 알려지자 유명 빙수처럼 화려하지 않아도 잘 팔렸다. 5월부터 팥빙수를 개시했기 때문에 아이들은 빵이나 팥빙수를 먹을 생각에 너도나도 문예 대회에 참가하겠다고 의지를 보였다. 물론 돈이 없어서는 아니었다. 용돈으로 충분히 사 먹을 수 있었지만, 학교에서 주는 건 알사탕 하나만 받아도 희한하게 더 맛있게 느껴지기 때문이었다. 그건 아마 알사탕이 주는 의미가 친구들 앞에서 특별히 받는 보상이나 칭찬의 상징이어서 그럴 것이다. 알사탕 하나쯤 줘도 안 먹을 것 같은데 수업 시간에 대답 잘했다고 하나 받게 되면 그 알사탕은 기존의 알사탕이 아니라 선생님으로부터 받은 인정의 증표였기 때문이다.

"문예 대회 종목은 모방 시 짓기, 현수막 문구 짓기, 콩트 짓기 중 선택이야. 한 명이 여러 종목에 응모할 수도 있어. 단, 표절은 절대 금지! 알겠지?"

종례 시간에 국어담당인 담임선생님이 많이들 응모하라면서 격려해주었다. 종례를 마치자 아이들은 웅성거렸다.

"야, 일단 우리도 해보자. 맛있는 빵을 공짜로 먹을 기회잖아."

"넌 뭐할 거니? 현수막 문구가 제일 쉬울 것 같은데?"

저마다 한마디씩 하며 가방을 챙기고 아이들은 하교했다. 형민은 빵집 쿠폰이라는 상품이 끌리긴 했지만, 글쓰기에 별 소질이 없었기에 응모할 생각까지는 없었다. 그때 형민과 친한 종경이가 말을 걸어왔다.

"너 할 생각 없어? 난 콩트를 쓰려구."

"콩트? 그건 짧은 소설 같은 거잖아. 너무 어려운 거 아니야?"

"그러니까 경쟁률이 낮겠지. 요새 웹소설 많이 봐서 나도 소설 한번 쓰고 싶었거든. A4용지 두세 쪽 정도로 써봐야지."

문예반인 종경이가 의지를 보이자 형민도 '나도 한번 써볼까' 하는 생각을 했다. 집으로 돌아온 형민은 연습장에 볼펜을 들고 초등학교 수학여행 때를 떠올리며 상상력을 최대한 끌어올려 글을 쓰기 시작했다. 서두를 여러 번 썼다가 줄을 좍좍 그어 지워버리고 간신히 어느 정도 길게 쓴 글은 다음과 같았다.

덫

김형민

"야, 한 대 피워봐. 담배 한 번도 안 피워봤지?"

반에서 애들이 가장 겁내는 필립이 아까부터 자꾸 담배를 권했다. 수학여행 때였고 같은 방을 쓰는 애들 6명이 있었다. 2명은 일찌감치 자고 나머지 4명 중에 무영을 제외한 3명이 슬그머니 꺼낸 것은 술과 담배였다. 새벽 3시, 선생님들은 모두 잠들었고 복도에서 당번 선생님 한 명만 왔다 갔다 하고 있었다. 방문을 열고 나가지만 않으면 걸릴 일이 없었다.

"피워봤어."

무영은 피워본 적 없다고 말하면 애들이 자신을 무시할 것 같아서 일단 피워봤다고 말했다.

"언제? 뻥 치고 있네."

"진짜야, 6학년 때 아빠 거 몰래 몇 번 피워봤어."

그 말은 사실이었다. 무영은 집에 아무도 없을 때 아빠가 엄마의 눈을 피해 베란다에서 몰래 피우다 남은 꽁초를 주워 피운 적이 있었다. 그러나 그건 아주 잠깐이었다.

"그럼 어디 피워봐."

무영이는 망설이다 친구가 건넨 담배 한 개비를 입에 물었다. 찌질하게 보이기 싫었고 솔직히 호기심이 발동했다. 담배를 입으로 빨아들이자 곧바로 연기가 목구멍으로 들어왔다.

"켁! 쿨룩! 콜록!"

"우하하하! 피우지도 못하는 것이 어디서 척을 해?"

필립과 그의 똘마니 2명은 배를 움켜쥐고 웃었다.

무영이는 다시 담배를 입으로 가져갔다. 조심스럽게 연기를 마셨다.

"큽!"

터져 나오려는 숨을 참고 연기를 천천히 입 밖으로 내보냈다.

"이 새끼 좀 봐, 깡이 있네."

무영이는 그렇게 말하는 필립 보란 듯이 한 번 더 담배를 빨았다. 머릿속이 어질어질했다.

"오랜만에 피웠더니 재채기가 좀 나온 것뿐이야. 피울 만하네."

낮에 쉴새 없이 돌아다닌 탓에 피로가 몰려왔지만 그래도 약한 모습 보이기 싫었다. 반에서 최고 힘 있는 필립에게 우습게 보이면 1학년 마칠 때까지 만만하게 보일 것이다. 그래서 소주까지 두세 잔 마셨다. 결국, 무영은 더는 견디지 못하고 쓰러져 잠들어 버렸다.

6시 반 아이들의 시끌벅적한 소리에 잠을 깬 무영은 눈을 뜨자 기겁을 했다. 담임선생님이 바로 코앞에서 담배꽁초를 들이민 것이다.

"무영아, 이게 뭐지?"

그것은 어제 무영이가 피우다 만 꽁초였다. 순간적으로 주변을 살폈다. 어제 마시던 소주병은 온데간데없고 담배 흔적도 없었다. 필립 일당을 보았다. 필립은 이불을 개는 척하면서 무영이를 흘낏거리며 보고 있었다.

담임선생님은 아이들을 깨우느라 방방이 돌아다니고 있다가 무영네 방에 들어와서 아직 일어나지 않고 있는 무영이 손가락 끝에 떨어져 있는 담배꽁초를 발견하고 깨운 것이다. 무영은 무슨 말을 해야 할지 몰랐다.

'필립 무리가 담배를 권해서 피운 것이다. 소주도 마시라고 해서 마셨다. 자신이 산 것도 아니고 원래 피울 생각도 없었다.' 이렇게 말하고 싶었지만 겨우 이 말만 입 밖으로 나왔을 뿐이었다.

"그…, 그건."

담임선생님은 무영이 주머니를 뒤졌고, 어이없게도 라이터가 나왔다.

"이래도 할 말 있냐?"

무영은 그제야 덫에 걸린 것을 깨달았다. 덫에 걸린 쥐는 몸부림칠수록 괴로운 법이다. 무영은 변명해봤자 결과가 좋지 않을 것을 예상했다. 필립은 선생님 뒤에서 무영에게 몰래 가운뎃손가락을 세워 보이면서 악마의 미소처럼 웃고 있었다.

여기까지 써놓고 형민은 무영이 어떻게 복수를 해줘야 할지 줄거리가 막혔다. 상상력이 더 필요했다. 작년에 친구의 권유로 담배를 한두 번 피워본 일은 있었다. 두 번째 피운 날 손등에 뚜렷이 보이던 핏줄이 금세 사라지는 것을 보고 겁이 나서 그 후로 담배 피울 생각을 접었다. 솔직히 청소년은 담배를 구하기도 쉽지 않았다. 담배를 꾸준히 피우는 애들은 가정에서 아예 자녀를 말리지 못해 전자담배를 사준 경우와 본인이 아는 형이나 삼촌으로부터 조달받아 몰래 피우는 정도였다.

'이럴 줄 알았으면 나도 막장 드라마라도 실컷 볼 걸 그랬나?'

형민은 하루 이틀 지나면서 쓰다 만 글을 까맣게 잊어버리고 말았다. 종경이가 판타지 콩트를 써서 냈다면서 자신이 어쩌면 1등을 할지도 모른다고 자신 있게 말했을 때에야 깜박하고 있었다는 걸 깨달았다. 공짜 빵은 물 건너갔지만, 어차피 글 잘 쓰는 사람은 따로 있다고 합리화를 했다.

얼마 후 국어 수업 시간에 언제나처럼 연습장에 그림도 그리고 아무거나 끄적거리며 낙서를 하다가 선생님께 걸려서 연습장을 압수당했다. 물론 벌점이 또 한 번 추가되었다. 돌려받은 연습장에 형민은 손가락 욕을 그려놓았다.

6. 학교폭력 전담기구 회의

　날짜는 잘도 흘러갔다. 1반부터 3반까지는 남자반, 4반부터 6반까지는 여자반인 형민이네 학교는 쉬는 시간만 되면 왁자지껄했다. 여자애들이 남자애들 반에 수시로 드나들고 남자애들도 여자애들 반 옆에 쓸데없이 왔다 갔다 했다. 형민네 반 친구 중에 여자친구가 있는 애들은 서너 명 되었는데 커플인 애들은 선생님들 눈을 피해 애정행각을 벌이기도 했다. 쉬는 시간에 복도에서 손을 잡기도 하고 슬쩍 허리를 팔로 감기도 했다. 교내에서 애정행각 하다가 걸리면 벌점이 있어서 아이들은 은근히 긴장감을 즐기는 듯 보였다.

　"눈꼴시어서 못 봐주겠다. 적당히 해라."

　이성 친구 없는 애들이 간간이 하는 말이다. 형민도 여자친구를 사귀고 싶었지만, 여자애들은 형민을 좋아하지 않았다. 관종이라고 여자애들 반까지 소문이 난 탓이었다. 새로미는 잊어버리기로 하고 다른 여자친구라도 생기면 좋겠다고 생각했다. 귀엽고 잘 웃어주는 여자친구라면 딱 좋을 것 같았다.

수업을 마치고 학원 가기 전까지 학교에 있다가 가려고 했다. 집에 들렀다 가면 오늘 쉬는 아빠 얼굴을 마주치게 되는데 형민은 되도록 아빠 얼굴을 피하고 싶었다.

형민이 교실에서 혼자 핸드폰으로 유튜브를 보다가 4시 반쯤 가방을 챙기고 운동장으로 나갔다. 운동장에서는 1학년 남학생 둘과 여학생 한 명이 농구를 하고 있었다.

여학생은 힘이 부족해서인지 백보드 가운데를 잘 맞히지 못하고 있었다. 그 모습을 본 형민은 한 수 가르쳐 주고 싶어졌다.

'어쭈구리, 여자애가 무슨 농구를 한다고.'

"야, 선배가 농구 가르쳐줄게. 그 공 이리 줘봐."

"가던 길 가세요."

여학생이 농구 골대를 향해 슛 자세를 취한 채 심드렁하게 말했다. 형민은 여학생이 자신을 무시한다는 생각이 들어 농구공을 재빨리 낚아챘다.

"지금 뭐 하는 거예요?"

여학생이 눈을 부릅뜨고 말했다.

"선배님이 하는 거 봐라."

형민이 공을 두어 번 튕기다가 자세를 취하고 지면 반발력을 이용해 공을 재빨리 백보드 한가운데를 향해 날렸다. 하지만 공은 백보드 한쪽을 맞고 튕겨 나왔다. 남자 후배 한 명이 공을 재빨리 받아 챙겼다.

"한 번만 내놔 봐. 제대로 보여줄게."

"됐어요. 가던 길 가세요."

형민은 짜증이 났다. 농구공 한번 선뜻 빌려주지 않는 후배들이 선배에 대한 예의가 없다고 생각했다.

"인마, 선배가 보여준다는데 이렇게 빡빡하게 구냐?"

후배에게 다가가 공을 뺏으려고 하자 후배가 공을 재빨리 옆으로 빼돌리면서 한마디 했다.

"우리끼리 잘 놀고 있는데 갑자기 끼어들어서 꼰대같이 왜 그래요?"

"뭐? 꼰대? 야, 너 지금 뭐라고 그랬어?"

형민은 꼰대라는 말을 듣자 갑자기 화가 폭발했다. 뺏기지 않으려고 하는 공을 강제로 빼앗은 다음 자신을 꼰대라고 말한 후배한테 던져 버렸다. 후배는 갑작스러운 공격에 미처 피하지 못하고 얼굴을 강타당했다. 그 충격으로 쓰고 있던 안경이 바닥에 떨어졌다. 순간 여학생이 재빨리 학교 중앙현관으로 뛰어 올라갔다.

"학교폭력으로 신고해버릴 거야!"

다른 후배 한 명이 얼굴 맞은 후배에게 가까이 가서 안경을 주워주며 형민을 째려보았다. 얼굴을 맞은 후배가 인상을 찌푸리며 손으로 얼굴을 감싸 쥐었다. 그제야 형민은 아차 싶었지만 이미 엎질러진 물이었고, 그렇다고 당장 사과할 기분도 아니었다.

"신고 얼마든지 해, 후배 새끼가 쪼잔하기는. 내가 그따위에 겁먹을 줄 아냐? 선배가 농구 한 수 가르쳐주겠다고 하면 재빨리 공을 건네줘야지, 요즘 후배들은 왜 이렇게 싸가지가 없어!"

큰소리를 치긴 했지만, 기분이 영 찜찜했다. 그때 학교 중앙현관에서 생활부장 선생님이 여학생과 같이 뛰어나왔다.

"야, 김형민! 너 거기서 뭐 해?"

"에이 씨, 재수 더럽게 없네."

형민은 입술을 깨물었다. 결국, 형민은 학교폭력 전담기구 회의에 불려가게 되었다. 학교에서 형민 아빠에게 전화해서 자초지종을 말했고 아빠는 형민을 야단쳤다. 회의가 열리기 전날 밤, 아빠는 냉장고에서 소주를 꺼내 연거푸 몇 잔 마시고는 형민에게 말했다.

"야, 그 학교폭력 회의란 거 안 갈 순 없냐? 내가 쪽팔려서 원~."

형민은 할 말을 못 찾고 고개를 푹 숙였다. 그러면서 잘한 건 없지만 한편으로는 왠지 모를 서운함이 밀려왔다. 담임선생님은 엄마와도 통화를 했는지 엄마한테서도 연락이 왔다. 엄마는 속상하다면서 형민을 잘 타일러보려고 했다. 그러나 얼굴 본 지도 오래된 엄마의 말은 형민의 귀에 잘 들어오지 않았다. 일이 있어서 학교폭력 회의에도 참석 못 한다고 미안하다고 했다.

'쳇! 엄마가 뭐 그래? 자식이 힘든 일이 생겼는데 와보지도 않고. 다 소용없어.'

잠을 잘 이루지 못한 채 이리저리 뒤척거리다가 간신히 잠들었다. 다음 날 수업이 모두 끝나고 담임선생님이 형민이를 불렀다.

"아버지가 1층 회의실 옆 빈 교실에 와계신다. 일단 너도 거기가 있어."

형민 아빠는 어젯밤과 달리 다소 긴장한 듯 침착하게 앉아있었다.

"죄송해요."

"알면 됐다. 딴 건 몰라도 남 괴롭히는 건 절대 하지 마라. 나도 아버지로서 너한테 관심이 부족했다는 생각이 든다."

"…."

"돈만 벌어오면 내 할 일 다 한 줄 착각해왔어. 네 엄마 나가고 나서 내가 더 챙겼어야 하는데 오히려 나 하나 힘든 것만 생각한 것 같다. 휴~. 사는 게 뭔지."

아빠는 길게 한숨을 내쉬며 자책을 하고 있었다. 형민은 이때만큼은 아빠가 진짜 아빠 같고 아빠도 자신을 역시 사랑하고 있다고 생각했다.

잠시 후 담임선생님이 둘을 불러 회의실로 안내했다. 아빠와 함께 학교폭력 회의에 들어섰을 때 형민은 왠지 모를 위압감을 느꼈다. 회의실에는 교감 선생님이 마치 판사처럼 중앙에 앉았고 학교폭력 담당 선생님, 생활부장 선생님, 상담 선생님, 보건 선생님, 그리고 모르는 사람들 몇이 더 있었다. 엄숙한 분위기 속에서 이루어진 회의 시간 동안 형민은 자신이 후배들에게 저지른 잘못을 시인하고 처분을 달게 받겠다고 했다. 그리고 후배들에게 사과의 뜻을 전했다. 회의 결과 교내 봉사활동 10시간, 반성문 쓰기, 일주일 동안 등교 시간에 정문에서 학교폭력 추방 1인 캠페인이라는 처분이 내려졌다.

7. 수상한 봉투

"너 강당 뒤편에 있는 안 쓰는 창고 같은 거 있지? 거기 내일까지 시간 날 때 청소 싹 해놔. 그것 말고도 본관 5층 미술실 청소도 이번 주중으로 해야 해."

"알겠습니다. 선생님."

"거기가 옛날에 동아리실로 썼던 곳인데 오랫동안 비워놔서 먼지가 꽤 많을 거야. 목장갑이랑 마스크 챙겨줄게. 청소 도구는 교실 청소함에서 가져가. 하루에 혼자 청소하기는 좀 어렵고 내일까지 청소해놔."

형민은 자신의 학교폭력 회의 처분이 과하다는 생각도 살짝 들었지만, 아버지의 무거운 표정을 생각하면 마음이 착잡해졌다. 엄마는 이번 일로 몇 번이나 전화해서 형민이 마음을 살피고 위로하면서도 잘못한 건 인정해야 한다고 말했다.

'쳇! 옆에 있지도 않으면서 잔소리는….'

오늘 수요일은 5교시만 있는 날이다. 학원은 7시까지 가면 되니까 청소할 시간은 충분했다. 수업을 마친 형민은 담임선생님으로부터 받은 열쇠, 마스크, 목장갑, 쓰레기봉투를 챙기고 교실에서 대걸레와 손걸레까지 들고 강당 뒤편으로 향했다. 현재의 동아리실은 별관 3층에 교실 2개를 차지하고 기타반, 문예반이 한 교실, 만화반과 보드게임반이 한 교실, 이렇게 동아리실로 쓰이고 있다. 강당 뒤편 작은 건물은 딱 봐도 낡아 보이는 데다 평소에는 자물쇠로 굳게 잠겨 있어서 대부분 학생은 이곳에 관심도 없었다.

두꺼운 자물쇠에 열쇠를 꽂아 돌리자 자물쇠가 풀리면서 오래되어 낡은 철제 문이 삐걱 소리를 내며 열렸다. 먼지가 잔뜩 쌓인 바닥엔 구겨진 종이컵과 과자봉지가 내팽개쳐진 채로 있었다. 오래된 의자 몇 개와 둥근 테이블 한 개, 그리고 싱크대 옆으로 사물함이 붙박이로 있었다. 반대편 구석으로 키가 허리까지 오는 나무책장이 두 개 놓여 있고, 그 옆엔 비슷한 높이의 회색 철제 캐비닛이 벽 쪽으로 붙어 있었다. 책장에 낡은 책이 몇 권 비딱하게 꽂혀 있었다. 앞쪽 벽면에 누렇게 변색된 '청소년이 읽어야 할 소설 100선'

목록이라든지 도종환 시인의 「흔들리지 않고 피는 꽃이 어디 있으랴」 시 전문이 붙어 있는 것을 보더라도 이곳이 오래전 문예반 동아리실이었음을 짐작할 수 있었다. 형민은 혹시나 하고 싱크대의 수도꼭지를 틀어보았다. 시뻘건 녹물이 한참 나오다가 차츰 맑은 물이 나왔다.

'그래도 물이 나오네?'

창문 잠금쇠를 풀고 창문을 열었더니 바람이 훅 들이닥쳤다. 창틀에 쌓인 먼지가 실내로 날렸다. 목장갑 낀 손으로 바닥의 쓰레기들을 주워 쓰레기봉투에 넣고 대걸레에 물을 묻힌 후 바닥을 닦기 시작했다. 몇 번 닦지도 않았는데 대걸레는 먼지투성이가 되었다. 물을 틀면서 대걸레를 대충 치덕치덕 빨고 물기를 짠 후에 다시 바닥을 닦았다. 바닥 먼지를 제거하는데 대걸레를 다섯 번은 빨아야 했다. 5월이었지만 금세 이마에 땀에 맺히기 시작했다. 이어 손걸레를 빨아 책상과 의자를 닦았다.

"이 정도야 껌이지. 전에 화장실 똥 치우는 봉사활동보단 이게 훨씬 낫다."

형민은 이렇게 자신을 추스르며 어느새 원탁과 의자를 닦고 있었다. 몇 번이고 걸레를 빨아 먼지를 닦고 나니 이제 좀 청소한 티가 났다. 책상과 의자를 한쪽으로 모아 정리를 하고 낡은 철제 사무용 캐비닛을 열어보았다. 캐비닛은 잠겨 있지 않아 쉽게 열렸다. 안에는 텅 비어 있었다. 다시 문을 닫은 후 캐비닛 위를 걸레로 닦다가 잠시 손에 힘을 뺀 틈을 타서 캐비닛 뒤쪽으로 걸레가 미끄러지듯 떨어져 버렸다. 캐비닛이 무겁지 않았기 때문에 캐비닛을 앞쪽으로 당겨 놓고 뒤쪽으로 손을 뻗어 걸레를 찾았다. 걸레와 함께 손에 잡힌 것은 먼지와 거미줄이 잔뜩 묻은 누런 종이봉투였다. 형민은 걸레를 빨아 종이봉투에 묻은 먼지와 거미줄을 제거했다. 빛바랜 서류 봉투는 제법 두툼했다. 안을 들여다보자 뜻밖에도 각기 다른 크기의 편지 봉투가 여러 개 들어있었다. 편지 봉투는 원래 밀봉되어 있었던 것 같았지만, 오래돼서인지 금방이라도 벌어질 듯 접착 면이 들떠 있었다. 형민은 편지를 어떻게 할까 잠시 망설이다가 호기심에 뜯어보기로 했다.

현오에게

현오야, 넌 알고 있니? 내가 아침에 일찍 등교하는 이유를 말이야.

방송반인 네가 틀어주는 음악 듣는 재미로 일찍 오고 있지. 나 혼자

듣는 음악도 좋지만, 아침에 학교에 들어올 때부터 네가 소개해주

는 음악을 들으면 그렇게 좋더라. 그게 좋아서 자꾸만 음악 신청하

잖아. 너 목소리 좋은 거 알고 있지? 같은 남자인데도 목소리가 아주

많이 듣기 좋다. 물론 너한테 그런 말은 하지 않았지. 간지럽잖아.

현오야!

나 엄마한테 자꾸 혼나는 게 있어. 다리 좀 떨지 말라고. 언제부턴지 내가 오른쪽 다리를 자꾸 떠는 습관이 생긴 거 너도 알지? 그거 중1 때 내 짝이 다리를 심하게 떨었는데 그게 신기하고 재미있어서 한두 번 떨어봤거든? 그때부터 나도 다리를 떨게 된 거야. 내가 오른손잡이, 오른발잡이라서 그런지 다리를 떨어도 오른쪽만 떤다. 웃기지?

암튼 다리를 떨 때마다 떠는 다리를 때려주라고 엄마가 그러더라. 근데 다리 떨 때마다 손으로 때리는 습관까지 보태질까 봐 겁나. 너도 손끝을 물어뜯는 습관이 있지? 손톱 주변 거스러미 뜯다가 피가 난 적도 몇 번 있잖아. 손가락마다 온통 안 건드린 데가 없더라. 꽤 오래된 습관이지? 너 그거 못 고치겠다고 했는데, 정말 무슨 방법 없을까? 내가 다리 떠는 거는 아무 데도 다치는 일이 없지만, 넌 아프게 되잖아. 언젠가 너한테 농담으로 열 손가락 끝에 반창고를 붙여놓으라고 그랬는데 넌 입으로 반창고 다 뜯어버릴 것 같다고 했지.

들은 얘긴데, 내 동생이 아기였을 때 엄지손가락을 심하게 빨았대. 엄마가 맞벌이라 옆집 아줌마가 동생을 종일 봐줬는데 어느 날부터 동생이 손가락을 빨지 않았대. 신기해서 아기 봐주는 아줌마한테 말했더니 엄지손가락에 소독약을 발라놨더니 그 버릇을 고쳤다고 자랑삼아 얘기하더래. 엄마는 그 얘기를 듣고 무척 속상했다고 하더라. 아기가 엄지손가락 빨면서 그나마 위안으로 삼았을 텐데 그것을 억지로 못 하게 해서 아기는 스트레스 풀 데가 없어진 거 아니냐고 하면서 말이야. 그러니까 현오, 너도 손톱 물어뜯는 거 그냥 해라. 거스러미만 뜯지 말고. 거스러미는 뜯으면 피 나니깐.

너는 평소 말은 별로 없지만 한 번씩 말하면 빵 터져서 좋아. 어저께는 너희 엄마가 「킬빌」의 주인공 우마 서먼 같다고 했잖아. 맨날 추리닝만 입는다면서! 엄마 손에 긴 칼을 쥐여주고 싶다고. 「킬빌」이 얼마나 재미있던지 난 1, 2편을 다 봤잖아. 물론 2편이 더 병맛이었어.

현오야, 지난주에 방송에서 다른 애 목소리가 흘러나와서 쉬는 시간에 너희 반에 가봤잖아. 몇 번이고 가봤지만 보이질 않아서 선생님에게 물어봤더니 아빠가 돌아가셨다고 얘기 들었어. 갑작스러운 사고로 돌아가셨으니 너나 너희 엄마 모두 얼마나 놀랐을지 많이 걱정되었어. 그날도 다음날에도 전화를 받지 않아서 나중에 상 다 치르고 학교 오면 위로 많이 해주려고 했어. 근데 이럴 땐 어떻게 위로하는지 모르겠더라. 가족의 상실이란 한 번도 생각해보질 않았거든. 나도 만약 우리 가족 중에 누군가가 죽고 없다면 너무 충격이 클 것 같아. 상상하기도 싫어.

현오야, 상을 다 치르고 다시 학교에 나온 너를 보니까 어찌나 반갑던지. 근데 얼굴이 반쪽이 되었더라. 큰일 치르느라 고생했어. 그래서 너 좋아하는 순대랑 떡볶이 사주려고 하굣길에 코끼리 분식집 갔을 때 솔직히 네 얘기 듣고 놀랐어. 너희 아빠가 돌아가셔서 가족이 얼마나 슬픔이 클지, 놀랍고 당황스러울 것이라고만 생각했던 나였기에 너의 말은 정말 뜻밖이었어.

"아빠가 돌아가신 것이 슬프지 않아. 그냥 조금 놀랐을 뿐이야."

"응? 그게 무슨 말이야?"

"우리 아빠는 벌 받은 것 같아. 난 그렇게 생각해. 매일같이 우리 엄마를 못살게 굴었거든. 술만 먹고 집에 오면 때리고 소리 지르고."

"정말?"

"어릴 때부터 아빠가 좀 무서웠어. 아빠는 말수가 적은 편이었는데 화가 나면 마치 딴사람이 된 것처럼 행동했어. 그럴 때마다 엄마는 나를 방으로 보냈어. 술 먹으면 엄마를 때리기도 하고 집안에 물

건이 박살 나기도 했어."

"그랬구나, 난 정말 몰랐네."

"그동안 너한테 이런 얘기 할 수 없었어. 너희 부모님은 서로 싸우

지도 않고 화목하게 잘 지내잖아. 난 정말 아빠가 싫고 미웠어. 술

먹은 날은 정말 괴물처럼 변해."

너는 그때가 생각나는 듯 인상을 찌푸리며 말했지. 난 그런 너를

어떻게 위로해야 할지 모르겠더라.

"엄마가 힘드셨겠구나."

"엄마는 툭하면 울었어. 그래서 어느 날은 왜 이혼하지 않냐고 엄마한테 물었지. 엄마는 바로 나 때문이래. 아빠 없는 자식 만들기 싫고, 이혼하면 남들이 어떻게 볼지도 겁난다고 했어. 그리고 이혼하면 아빠가 가만있지 않을 것 같다면서 무섭다고 했어."

"너 그동안 힘들었겠다. 학교에서 티도 안 내고."

"매일 집으로 들어가기 싫었는데 엄마 생각해서 참고 살았어. 내가 아침에 학교에 제일 먼저 오는 거 너도 알지? 방송반 때문이기도 하지만 방송 당번이 아닌 날도 난 똑같이 일찍 나와. 집에서 빨리 나오고 싶어서 그랬어."

"어휴, 난 또 그것도 모르고 네가 부지런하다고만 생각했어. 그동안 내가 모르는 게 너무 많았네."

"내가 얘기를 하지 않았으니까 당연하지."

"그럼 이제 싫었던 아빠가 돌아가셨으니 엄마랑 너희 남은 식구들끼리 잘 살면 되겠네."

"근데 있지, 아빠가 죽어버렸으면 하고 생각 많이 했었는데 막상 갑작스러운 사고로 아빠가 죽으니까 내 기분이 혼란스러워."

그 말을 하는 현오 너는 낯빛이 무거웠지. 나는 가슴이 답답했어.

마음속에 폭력에서 벗어났다는 해방감과 더불어 죄책감을 안고 있

다는 사실이 말이야. 누구에게 도움을 청해야 할까. 이런 얘기 아무

한테나 할 수도 없잖아. 나는 그냥 너한테 해줄 수 있는 게 별로 없

어서 속상했어. 다만 네 손을 잡아줬어.

"아빠가 죽은 건 네 잘못이 아니야. 현오야, 아빠는 평소처럼 술

먹고 취한 상태에서 교통사고로 돌아가신 거라고."

"내 잘못이 아니라는 말이 엄청나게 위로 된다. 승윤아, 고마워."

내 위로가 도움이 되었다고 해서 나 얼마나 좋았는지 몰라. 현오

야, 어려운 얘기 나한테 믿고 해줘서 정말 고맙다. 네가 행복했으면

좋겠어.

-2005. 7. 12. 승윤

형민은 글의 내용도 놀랍지만, 마지막에 승윤이란 사람이 쓴 편

지에 쓰여 있는 날짜를 보고 놀랐다. 분명 승윤이란 사람은 이 학

교에 다닌 선배일 것이다.

"2005년? 그럼 이거 엄청 옛날 거잖아?"

'이 뜬금없는 편지는 뭐지? 일기야, 뭐야? 승윤, 현오란 사람들은 지금 서른도 넘었겠네. 그런데 어째서 이런 편지가 여기 있는 거지? 현오라는 사람은 지금 잘살고 있을까?'

자신의 집안 문제도 골치 아픈데 현오라는 사람네도 어지간히 힘들었겠다고 생각하면서 현오네 아빠가 죽은 것을 생각하면 마음이 착잡해졌다. 형민은 자신의 엄마와 아빠를 떠올리며 과연 우리 집은 어떻게 되어 가는 걸까 하는 생각이 들었다.

형민은 이번에는 다른 편지 봉투를 뜯었다.

To. 하느님

1.

하느님, 저는 음란 마귀가 씌운 걸까요?

오늘 오전 미사를 보기 전 큰맘 먹고 고해소에 들어갔어요. 고해소에 들어가는 게 처음은 아니었지만 이번에 고할 죄는 많이 망설였어요.

'신부님이 나 알아볼 텐데 어떡하지?'

사실은 전에도 몇 번 망설이다가 만 적이 있었는데 마음에 죄가 자꾸만 쌓이는 것 같아 더 무거워지기 전에 털어버리고 싶어 용기를 냈어요.

'고해하고 나서 신부님 얼굴을 어떻게 보지?'

'아니야, 죄지은 것보다는 나은 거지.'

눈 딱 감고 고해소 문을 열고 들어갔어요. 좁은 고해소 안은 정말 죄지은 사람만이 들어가기 딱 좋은 곳이라는 생각이 들었어요.

"성부와 성자와 성령의 이름으로 아멘"

십자 성호를 그으며 떨리는 마음을 가다듬었어요.

"하느님께서 우리 마음을 비추어 주시니 하느님의 자비를 굳게 믿으며 그동안 지은 죄를 사실대로 고백하십시오."

칸막이 너머의 신부님 목소리는 참으로 점잖게 느껴졌어요.

"아멘. 고해한 지 한 달 됩니다. 저는 가끔 자위행위를 합니다. 중1 때부터 한 달에 한두 번 정도 하게 되었습니다. 하지 않으려고 마음을 굳게 먹어도 그때뿐 참기가 어려워요. 제 마음속에 음란한 생각들을 떨쳐 버리고 싶습니다. 이밖에 알아내지 못한 죄도 모두 용서하여 주십시오."

말을 내뱉자마자 막상 죄책감보다 이 시간이 지나면 신부님이 고해 내용을 싹 잊어버리기를 간절히 바라는 마음이 들었어요.

"자매님, 마음속에 음란한 생각이 날 때마다 기도하세요. 기도는 음란한 마음을 몰아내고 평안하게 해줍니다. (사죄경) 나도 성부와 성자와 성령의 이름으로 이 교우의 죄를 용서합니다."

"아멘. 감사합니다."

고해소를 나오면서 마음이 한결 가벼워졌어요.

'마음속 음란 마귀는 이제 꺼져버려! 이제는 너의 지배를 받지 않겠어!'

역시 고해하기를 잘했다고 생각했어요. 이런 내용을 고해한 것이 비록 나라는 것을 신부님이 알게 되는 것이 부끄러웠지만, 죄책감에 시달리는 것보다는 나으니까요.

이제 저는 죄지은 것을 씻어냈으니 앞으로 이와 똑같은 내용으로 고해성사하기 싫으면 죄를 짓지 않으면 되겠지요. 아무튼 저는 하느님 앞에서 이제 똑같은 죄를 짓지 않기로 굳게 약속하겠습니다. 감사합니다. 아멘.

2.

하느님, 저는 정말 음란 마귀가 씐 건가요?

고해성사를 본 지 오늘로 열흘째인데 아까 학교에 있을 때부터 머릿속에서 자위가 떠올라 마음속으로 화살기도를 여러 번 했어요. 그런데도 가라앉지 않고 저녁에 밥을 먹고 혼자 방에 있으니 몸이

근질거리면서 자위가 하고 싶어 견딜 수가 없었어요. 일부러 참아보려고 부엌에 가서 냉동실에 있는 아이스크림을 하나 꺼내 먹기도 했어요. 아이스크림은 너무나 맛있었지만, 그것도 잠시 머릿속에서 악마가 귓속말하는 것 같았어요.

'아무도 보는 사람 없는데 뭐 어때?'

'이건 음란한 짓이야, 하느님이 보고 계셔'

머릿속으로 천사와 악마가 싸웠지만, 결국 저는 악마의 귓속말에 넘어가고 말았어요.

자위는 오 분도 안 되어 끝났고, 몸에 기운이 빠지는 것과 동시에 급격히 정신이 돌아오면서 저 자신이 한심하게 느껴졌어요.

'난 이것밖에 안 되는 사람인가? 하느님 앞에서 그렇게 결심했는데 난 왜 이렇게 음란하지?'

정말 다른 친구들에게 물어보고 싶었어요. 친구들은 자위하는지 궁금했어요. 그렇지만 그런 거 물어보는 자체가 민망해서 물어볼 수 없었어요. 그런 얘기 하면 야한 아이라고 놀림 받을 거 같았어요. 여자애들은 보통 자위 같은 얘기는 안 하거든요.

3.

어제 자위를 하고 나서 저 자신을 미워해서인지 오늘 예정일도 아
닌데 생리가 나왔어요. 예정일은 나흘 뒤인데 며칠 일찍 시작했네요.
하긴 저는 초경 이후에 생리가 좀 불규칙하긴 해요. 28일 주기에 딱
딱 맞진 않더라고요. 어떤 날은 25일 만에 하기도 하고 어떤 날은 31
일 만에 하기도 하고 그렇더라고요. 그래서 항상 생리대를 가방에 두
개 정도는 비상용으로 가지고 다녀요.

아, 지금 달력을 점검하다 보니까 생리하기 전날 주로 자위를 해왔
던 것 같아요. 이상하게 생리 전날은 그곳이 간지럽거든요. 암튼 아침
에 한 개, 점심때 한 개 이렇게 가지고 있던 생리대 두 개를 다 써버
리고 나니 집에 가기 전까지 적어도 한 개는 더 필요했어요. 쉬는 시
간에 보건실에 갔어요. 보건실에는 저 말고도 애들이 두세 명 치료
받고 있었어요. 기다렸다가 아이들이 사라지는 뒷모습을 보면서 보
건 선생님 가까이에 대고 말했어요.

"선생님, 그거 있어요?"

"응? 그거? 아, 생리대?"

보건 선생님은 싱긋 웃더니 약장에서 생리대를 꺼내주셨어요.

"몇 개 줄까? 한 개? 두 개?"

"한 개면 될 거 같아요."

생리대를 받아들고는 재빨리 치마 주머니 속으로 집어넣는 모습을 보건 선생님이 보셨어요.

"뭘 그렇게 남들이 봐선 안 되는 것처럼 감추니?"

"창피하잖아요."

"생리하는 게 뭐가 창피해? 생리대는 생리할 때 꼭 필요한 필수품인데. 생리는 여자라면 누구나 하는 거고."

그러고 보니 맞는 말이더라고요. 생리는 사춘기 때 시작해서 오십 살 즈음까지 매달 며칠씩 여자라면 누구나 하는 일상인데 왜 제가 창피하게 느꼈을까요? 저도 잘 모르겠어요.

보건 선생님 말씀처럼 생리는 불편한 것이지 부끄러운 것이 아닌데 왜 생리대를 생리대라고 말도 못 하고 그거라고 말했을까요? 그리고 누가 볼세라 얼른 주머니에 넣었을까요? 제가 왜 그랬는지 저도 잘 모르겠어요. 근데 저만 그런 게 아니라 우리 친구들 대부분 그렇게 행동해요. 정말 뭔가 이상해요.

4.

하느님, 오늘 또 자위하고 말았어요. 허탈감이 쓰나미처럼 몰려왔어요.

제가 초1 때였어요. 엄마가 새로 사주신 팬티가 예뻐서 빨리 입어 보고 싶었어요. 그 팬티는 예쁜 하트가 많이 그려져 있었거든요. 그 날 샤워를 하고 옷장 서랍 안에서 그 팬티를 꺼내 입어보았어요. 팬티는 딱 맞았고 그게 만족스러워서 팬티를 만지다가 제 그곳을 만지게 되었는데 기분이 좋은 거예요. 그래서 문질러보고 있었는데 엄마가 당황해하는 목소리로 들어오셨어요.

"너 뭐해? 지금 뭐 하는 거야? 응?"

저는 엄마의 표정과 행동으로 내가 뭔가 잘못을 했다는 것을 눈치챘어요. 초등학생 1학년도 그런 눈치는 다 알아요.

"그냥 팬티가 예뻐서 만져본 거야."

엄마는 의심스러운 표정을 거두지 않은 채 제 손을 잡고 화장실로 갔어요. 그리곤 손을 비눗칠로 씻어주셨어요.

"알았어. 손이나 씻자. 근데 팬티 안은 만지는 거 아니야. 너무 소중한 곳이라서 함부로 만지면 안 되는 거야, 알았지?"

엄마의 다정하지만 거역하면 안 될 것 같은 말투에 저는 생각했어요.

'내가 잘못을 저질렀나 보다. 엄마가 싫어하는 행동은 하면 안 돼.'

왜냐하면 지금은 좀 아니지만(미안, 엄마.), 그 당시 저에게 있어서 엄마는 세상 전부였으니까요. 아무튼 저는 그 후부터 일부러 그곳은 손도 대지 않았어요. 저 혼자 샤워할 때도 그곳은 꼼꼼하게 씻지 않았어요. 겁이 났거든요. 대충 재빨리 씻고 말았죠.

하트가 그려진 예쁜 팬티 이후로 엄마는 저에게 무늬가 없거나 곰돌이가 그려진 팬티 같은 것을 사주셨어요. 행여나 또 팬티 때문에 자위를 하게 될까 봐 그러신 것 같았어요.

5.

하느님, 저는 이제 자위 때문에 고해성사를 보진 않기로 했어요. 지난주 성교육 시간에는 생식기 건강과 자위에 대해 배웠어요. 자위는 지나치게만 하지 않으면 괜찮고, 오히려 사춘기 성호르몬 때문에 자연스럽게 생기는 성 욕구를 조절하는 데도 긍정적인 방법이며 타인에게 피해를 주지 않으면서 성 욕구를 해결하는 좋은 방법이라고 했어요. 다만 지극히 개인적인 일이기 때문에 방문을 반드시 잠그고 혼자 하랬어요. 또 음란물을 보면서 하는 것은 피하라고 배웠어요. 음란물을 보면서 하게 되면 머릿속에 음란한 생각, 즉 성에 대한 나쁜 가치관을 배우게 되고, 음란물은 보면 볼수록 중독되기가 쉽대요. 저는 지금까지 한 번도 음란물을 보면서 한 적이 없으니 저는 괜찮은 거였어요. 지난번 고해성사 때 신부님이 이렇게 말씀해주셨으면 제 마음이 훨씬 가벼웠을 거예요.

  - 자매님, 자위는 죄가 아닙니다. 고해할 일이 아니에요. 다만 자위는 방문을 꼭 잠그고 손을 깨끗이 씻은 후에 하시길 권합니다. 적당한 자위는 사춘기 몸과 마음의 건강에 오히려 좋습니다. 자신의 몸을 미워하지 마세요.

  하느님, 우리 신부님에게 좀 가르쳐주세요. 왜냐하면, 저처럼 자위로 죄책감을 느끼는 사람들이 분명히 있을 거라고 생각이 들거든요. 그리고 신부님들도 자위하고 죄책감을 느끼고 하느님께 몰래 기도를 드리는 분도 계시지 않겠어요?

  저는 지금 굉장히 기분이 좋아요. 뭔지 모를 해방감이라고 할까요? 사실 고해성사할 때는 다시는 자위를 하지 않으려고 생각했지만, 그 후에도 몇 번이나 자위했기 때문에 앞으로도 자위를 하지 않을 자신이 없었어요. 만약 제가 성교육 시간에 이런 내용을 배우지 못했다면 전 절제하고 금욕하지 못하는 저 자신을 오래도록 싫어했을 거예요. 전 이제 자유예요! 하느님!

2005년 6월 27일 꽁지가 씀

"이거 대박! 애들한테 보여주면 존나 좋아하겠는데?"

형민은 내용이 매우 흥미롭게 느껴졌다. 여동생이나 누나가 없는 형민은 여자에 대해 잘 알지 못하다가 마치 무슨 성교육이라도 받은 양 갑자기 잘 알게 된 느낌도 들었다. 하지만 이렇게 개인적인 내용을 담은 편지가 여기에 들어있는 것이 아무래도 궁금했다.

'자위로 이렇게 고민하다니, 우리 반 시찬이는 별명이 '1일 1자위'인데 걔는 오히려 그것을 자랑스럽게 떠벌리잖아. 그리고 나도 툭 하면 하는데.'

편지는 몇 개 더 남아있었다. 창밖을 보니 톤 다운된 주황색 필터를 씌운 듯 분위기가 묘했다. 형민이는 시계를 보았다. 벌써 6시가 넘어 있었다.

'이런, 학원 갈 시간이 됐네.'

형민이는 서류 봉투를 가져가 집에서 마저 읽을까 하다가 마음을 바꿔 캐비닛 안에 넣고 나머지는 내일 다시 와서 읽으리라 생각했다. 청소 도구는 그대로 놓고 창문을 닫고 불을 끄고 문을 닫은 뒤 자물쇠로 잠갔다. 열쇠는 내일 청소를 마치고 선생님께 드리기로 했다. 배가 고파진 형민은 학원 가는 길에 편의점에 들러 삼각김밥을 사 먹었다. 학원을 마치고 집에 가니 시간이 9시 반이었다. 아빠는 아직 귀가 전이었다. 편지 내용이 자꾸 떠올랐다.

'도대체 뭐지? 그렇게 비밀스러운 내용을 편지로 남겨놓다니 도대체 무슨 일이 있었던 거지? 서로 편지를 교환하기로 했나? 아니지. 하느님한테 쓴 꽁지라는 사람도 있잖아. 그리고 현오라는 사람한테 쓴 승윤이라는 사람 편지 내용도 쉽게 공개하기 어려운 내용이던데.'

형민이 머릿속에는 궁금증으로 가득 찼다.

'내일 애들한테 이 편지 얘기를 하면 난리 나겠다. 용우한테만 말해줄까. 아니야, 걔가 입이 무거운 편이 아니잖아. 일단 나만 알고 있자.'

형민이는 이 생각 저 생각을 하며 밤늦도록 편지에 대한 상상으로 뒤척이다 간신히 잠들었다.

　다음 날 형민이는 수업 시간에 집중이 잘되지 않았다. 편지 내용이 자꾸 떠올랐기 때문이다. 쉬는 시간에 가서 나머지 편지들도 빨리 읽어보고 싶었지만, 꾹 참기로 했다. 짧은 쉬는 시간 동안 읽지도 못할뿐더러 혹시라도 친구들이 알면 안 될 것 같았기 때문이었다.

　7교시 수업을 마치자마자 강당 뒤편으로 달려갔다. 열쇠로 따고 들어가니 어제 나오기 전 그대로였다. 캐비닛을 열어보니 봉투도 그대로 있었다. 형민은 다른 흰 봉투에 있는 종이를 재빨리 꺼내 들었다.

이름

내 이름은 우기남이다. 임금 우(禹), 기운 기(氣), 사내 남(男)이다. 태어났을 때 출생예정일보다 보름 일찍 태어났는데 체중이 2.5kg으로 약하게 태어나는 바람에 이름이라도 건강하게 짓자고 이렇게 지었다고 한다. 초등학교 저학년 때만 해도 이름을 갖고 놀림을 당하는 일은 없었다. 나는 여자애들, 남자애들 모두와 잘 지냈다. 어떤 애들은 여자는 여자애들하고만 놀고, 남자는 남자애들하고만 노는 애가 있기도 하지만 나는 그런 것 없이 골고루 아무와도 잘 놀았다. 거칠고 폭력적인 애들은 나랑 성격이 잘 맞지 않았다.

6학년 때 체육 시간에 강당에서 피구를 하다가 상대편 애가 던진 공이 나의 팔을 살짝 비껴갔다.

"야, 너 맞았잖아? 나가!"

나는 분명히 맞지 않았기 때문에 반박했다.

"나, 안 맞았어."

"맞았잖아, 팔뚝에 살짝 스치면서! 내가 분명히 봤어."

"무슨 소리야, 나는 맞은 느낌도 없는데, 그냥 옆으로 지나간 거야."

그러자 공을 던진 애가 갑자기 내 이름을 가지고 공격을 해왔다.

"야, 우기남! 우기지 마."

그 순간 몇 명 아이들이 빵 터졌고, 아이들의 반응에 그 말을 한 애는 자신이 놀린 말이 꽤 맘에 드는지 한 번 더 놀렸다.

"우기남, 왜 우기남? 우하하핫…."

아이들은 킥킥거리며 웃고 어떤 애는 따라하기도 했다.

"야, 이름 웃기다. 우기는 남자, 우기남? 크크크…."

그 아이가 던진 공에 차라리 맞을 걸 그랬다. 아니 맞았다고 할 걸 그랬다. 나는 억울했다. 그러나 그 후부터 친구들에게 내 이름은 우스 워졌다. 같이 웃는 애들이 너무 원망스러웠다. 친하게 지내던 애들도 내 눈치를 보면서 웃음을 참는 걸 보았기 때문에 마음에 상처가 컸다.

그 후부터 친구들과 이견을 조율할 일이 있을 때도 내 주장은 툭 하면 우긴다고 무시되기 일쑤였는데 그때마다 친구들은 웃음의 소 재로 삼았다. 내가 기분 나빠하면 오히려 나를 예민한 아이로 받아 들였다.

"웃자고 한 말인데 뭘 그렇게 예민하게 그래?"

"우기남, 또 우기남? 하하하!"

내 이름을 가지고 놀리는 것이 듣기 싫어서 싫다고 하면 아이들은 더 놀렸기 때문에 나는 못 들은 척하기도 했다. 무시하고 내가 반응을 하지 않으면 저러다 말겠지 하는 마음에서였다.

아무 죄 없는 부모님을 원망하기도 했다. 왜 하필이면 그 많은 이름 중에 기남이라고 지었을까? 하필 성은 왜 우 씨일까? 이름 끝에 남자만 안 붙었어도 좋았을 텐데…. 이런 식의 원망이었다. 우기영, 우기중, 우기찬, 우기승, 우기철 등 무난한 이름이 많은데 왜 하필 이런 이름을 지었을까? 이름을 바꿔 달랄까, 어림도 없는 소리겠지.

6학년 내내 마음속 깊은 곳에서는 빨리 중학교로 올라가서 반 아이들 전체가 알고 있는 내 이름 석 자의 놀림을 알지 못하는 새로운 친구들을 만나고 싶었다. 그러자니 우리 동네에서 좀 떨어진 학교로 지망을 해야 했는데, 부모님은 당연히 이해하지 못했다. 그래도 나는 급식이 맛있고 교복이 맘에 든다는 핑계를 들어 부모님을 설득시켰고, 결국 이 학교로 오게 되었다.

초등학교 때 같은 반이었던 친구들이 한 명도 없었기에 안심을 했다. 하지만 기대는 생각보다 빨리 무너졌다. 3월 첫 주 담임선생님은 자신의 반 학생들 이름을 빨리 외우려고 그런 건지 학생들끼리 서로 빨리 친해지라는 의미에서인지 이름 소개를 하는 시간을 가졌다. 아이들은 저마다 일어나서 간단히 이름만 소개하고 앉았는데 몇 명 아이들은 자신감 넘치게 자신을 소개하기도 했다.

"안녕? 만나서 반가워. 난 이정명이라고 해. 난 게임을 좋아하고 잘해. 게임 좋아하는 애 있으면 언제 같이 피시방 가자."

이런 식이었다. 나는 내 이름이 친구들에게 각인되는 것이 겁나서 일부러 성과 이름을 떼어서 말했다.

"나는 '우' 기남이야. 친하게 지내자."

내가 이름에 콤플렉스가 생겨서 그런지 반 아이들 이름을 하나하나 귀 기울여 듣게 되었다. 그런데 귀에 쏙 들어오는 이름이 있었다. 고한경, 여차하면 유치한 애들이 고환이라고 놀릴라. 이런 생각을 하며 소개를 들었다. 다행히 학기 초 어색한 분위기 때문인지 몰라도 아무도 이름을 가지고 뭐라 하지 않았고, 이름 소개가 끝나자 담임선생님은 학급 규칙을 몇 가지 정하자고 했다. 반 아이들은 담임선생님이 예시로 든 것을 참고로 규칙을 정했고 벌칙도 정했다.

학급 규칙과 벌칙을 아이들이 정해서인지 몇 달 동안은 대체로 별탈 없이 지나갔다. 그러나 학교생활에 익숙해지자 아이들은 사춘기

호르몬을 맘껏 발휘했다. 원래 공격적이었던 아이는 더욱 공격적으로 변했고, 야한 것에 관심이 있던 아이는 더욱 야한 말을 수시로 해댔다. 학급 규칙이 엄연히 칠판 옆에 붙어 있었지만, 아이들은 선생님이 없을 때는 수시로 규칙을 어겼다. 모범생인 실장은 때때로 선생님한테 이른다고 으름장을 놓았지만, 나사가 풀린 아이들 몇은 그러거나 말거나였다. 벌칙도 무용지물이었다. 담임선생님은 규칙을 어긴 학생들을 교무실이나 생활지도실로 불러 따로 지도하고 청소를 시킨다든지 하는 식으로 지도했다.

다른 애들을 툭툭 치는 습관을 지닌 남자애들은 진짜 밥맛이었다. 도대체 아무 이유도 없이 친구를 때린다. 맞는 애들도 크게 아프지는 않겠지만, 여러 번 맞으면 기분이 나쁠 텐데 말이다. 한번은 겸이가 운동장에서 농구공으로 자유투를 던지고 놀고 있는데 세호가 멀리서 달려오더니 겸이를 쓰러뜨렸다고 한다. 겸이는 졸지에 땅바닥에 쓰러졌고, 그 위를 세호가 덮쳤다. 마침 옆에서 보고 있던 근주가 재미있겠다고 생각하고 세호 위로 몸을 날렸고, 맨 밑에 깔린 겸이는 결국 팔이 부러져버렸다. 아이들이 거칠게 욕을 하거나 이유 없이 친구에게 툭툭 쳐대는 것을 볼 때마다 저것들도 나중에 누군가의 남친이 되는 거고 누군가의 아빠가 되는 건가 싶어 한숨이 나왔다.

2학년이 되자 아이들은 크게 두 부류로 나뉘는 것 같았다. 공부에 흥미가 없는 애들 몇 명은 매일같이 졸았다. 만만한 교과 선생님 시간에는 대놓고 엎드려 자기도 했다. 그런가 하면 과격한 애들은 무서울 게 없는 듯 보였다. 몰래 학교 으슥한 곳에서 담배를 피우고 들어오기도 했다.

난 조용한 편이었다. 초등학생 때는 말수가 이렇게 적지 않았는데 이상하게 중학교 들어와서부터, 아니 6학년 때 이름 사건이 있고부터 아마 말수가 적어진 것 같다. 과격한 애들은 같이 어울리고 싶지 않았고 조용한 애들끼리는 서로 말수가 적어 우정을 나눌 기회가 적었다.

2학년 3월 말이었다. 내가 예상한 대로 고한경은 '고환'으로 불리기 시작했다. 고한경은 그런 별명이 이미 익숙한 듯 같이 웃으며 때로는 자신의 사타구니를 강조하는 손짓을 해 보이곤 했다. 그러면 아이들은 더욱 웃었고 웃음으로 넘기는 한경의 멘탈이 놀랍기만 했다. 가끔은 나도 아이들이 웃을 때 따라 웃기도 했다. 그러면서 친구들이 내 이름은 건드리지 않길 바랐다.

그런 한경이 나더러 어느 날 내 이름 갖고 말을 꺼냈을 때 나는 지난날의 악몽이 다시 떠오르는 듯 움찔했다.

"야, 이 상황이 너는 우끼니, 우기남?"

한경이는 아마 별 생각 없이 정말 웃기려고 한 말이었을 것이다. 하지만 그 말은 잊고 있었던 트라우마를 다시 일깨우는 순간이 되었다. 초등학생 때는 우기는 남자 우기남으로 놀림 받고 지금은 웃기냐고 놀림 받다니 내 이름은 왜 이렇게 고난을 겪나 싶었다.

자신의 이름을 놀림 받는 한경이가 나를 놀리니 내가 반응하면 나만 성격 이상한 애로 찍힐 것 같았다. 나도 한경이처럼 웃어넘겨야 하나? 하지만 이미 기분이 분명 상했고, 상한 기분은 그대로 표정에 드러났다. 그걸 보고 교실에 있던 친구들이 한마디씩 했다.

"웃기남? 우기남? 이름 졸라 웃기네 하하하!"

그 후로도 종종 반 아이들 여러 명은 내 이름을 가지고 놀렸다. 그럴 때마다 그 애들 입을 틀어막고 싶었고 한 대 치고도 싶었지만, 그럴 용기는 없었다. 선생님에게 얘기할까도 생각했지만, 그 후에 일어날 보복이 두려워 차라리 아무 반응을 하지 않기로 했다.

한 달 전에는 창체 시간에 강사 선생님이 와서 타로 카드를 가르쳐 주고 있었다. 자신의 탄생 카드를 찾는 법은 생년월일을 더하는 방식이었다. 아이들이 흥미롭게 수업을 듣고 있는데 탄생 카드가 0번인 학생들 손 들어보라고 해서 재빨리 계산을 마친 나는 손을 들었다. 0번 카드는 fool 바보 카드였다.

"우기남, 바보야?"

누군가 킥킥거리며 말했다. 몇 명이 따라 웃었고, 나는 화가 치밀었다. 강사 선생님은 놀리지 말라고 지적했다. 그런데도 이번엔 다른 애가 덧붙였다.

"바보 아니라고 우, 기, 남?"

더 많은 아이가 웃었다. 그 순간 나는 그만 이성을 잃었다. 순식간에 내 책상 위에 놓인 카드 뭉치를 웃는 아이들을 향해 내던져 버렸다.

"야! 그만해, 그만하라고!"

카드는 후드득 흐트러지며 바닥에 떨어졌고, 다행히 카드에 다친 애는 없었다. 그냥 모두 놀란 것 같았다. 나도 던진 순간 내가 그런 행동을 하고 있다는 것에 놀랐다. 내 눈에서는 눈물이 흘러나왔고, 심장이 쿵쾅거렸다. 아이들 모두 나를 쳐다봤다.

나는 화가 가라앉지 않아 교실을 뛰쳐나와 그 길로 집으로 와버렸다. 담임선생님이 전화해서 애들 모두 혼냈다고 다시 그런 일 없게 해놓았다고 화 풀라고 했다. 뒤늦게 상황을 알게 된 부모님도 나를 달래주었다. 이름으로 자식이 학교에서 속상한 일을 그렇게 겪는 줄은 전혀 모르셨던 부모님이기에 처음엔 어이가 없어 했다. 이름이 무난하고 좋다고 생각했다가 자식이 이름으로 놀림을 당한다고 하니 부모님은 이름을 바꿔주자, 바꾸긴 뭘 바꾸냐 설왕설래했다. 부모님과 나는 이름으로 진지하게 고민했다. 그러나 이 일로 이름을 바꾼다면 어쩐지 자존심이 상할 것 같았다. 왜냐하면, 잘못한 건 놀린 애들인데 왜 내가 이름을 바꿔야 한단 말인가?

아무튼 다행스럽게도 다음 날부터 애들은 전보다 잘해주었다. 아니 일시적으로 잘해주는 척하는 건지 모르겠다. 그날 이후로 한 달

가까이 지냈지만, 아직 아이들은 내 이름도 한경이 이름도 놀리지 않고 있다. 그렇지만 또다시 누군가가 내 이름을 가지고 놀린다면 내가 과연 마음을 잘 다스릴지 모르겠다.

-2005. 6. 28. 우기남

형민은 이 글을 읽자 자신이 친구들에게 그동안 놀렸던 일들이 스쳐 지나갔다. 별생각 없이 놀린 건데 이렇게 상처받을 수 있다고 생각하니 마음에 찔렸다. 언젠가 유튜브에서 본 영상 하나가 떠올랐다. 이름이 특이한 사람들이 텔레비전에 나와서 자신의 이름을 소개하고 가장 이름이 특이한 사람을 투표로 뽑아서 상금을 주는 프로그램이었는데 거기에 나온 사람들의 이름은 정말 놀라웠다. 우유병, 안해용, 최신식 이런 건 그래도 약과였다. 도라희, 성기왕, 방국봉 이런 이름들을 보고 배를 잡고 웃었던 생각이 났다. 지금 다시 생각하니 우기남은 그런 이름에 비해 무난한데도 이렇게 놀림을 받았으니 억울하겠다는 생각이 들었다. 그리고 무슨 이름을 가졌든 남의 이름을 가지고 놀리지 말아야겠다고 다짐을 했다.

아직 두 개의 봉투가 남았다. 시간을 보았다. 벌써 6시가 훌쩍 넘어 배가 슬슬 고파 왔다. 어떻게 할까 하다가 봉투째 가방에 쑤셔 넣었다. 이따가 학원 끝나고 집에서 볼 생각이었다. 저녁 시간 졸리기도 하고 학원에 가기 전에 먹었던 편의점 라면 때문인지 저녁 시간이라서 그런지, 쏟아지는 졸음을 간신히 버티며 수업을 듣고 집에 오자 아빠는 소파에서 쓰러져 자고 있었다. 싱크대 안을 들여다보니 아빠도 라면을 끓여 먹은 듯했다.

'어휴, 아빠는 아직도 자기가 먹은 라면 냄비도 설거지 안 해놓다니, 이러니까 엄마가 싫어하지. 공부하고 피곤하게 돌아온 이 아들이 해야겠어?'

형민은 속으로 떵떵거리는 말을 삼키며 최대한 소리 나지 않게 설거지를 마쳤다. 자신의 방으로 들어가 아까 챙겨온 두 개의 봉투를 마저 뜯어 보았다. 한 개는 자신의 키 때문에 고민하는 내용이 들어있었고, 나머지 한 개는 핸드폰을 사달라고 부모님에게 쓴 짤막한 편지였다.

'지금이 2022년이니까 서른 넘었을 나이인데 다들 잘살고 있을까?'

형민은 이 사람들이 현재 어떻게 살고 있는지 갑자기 궁금해졌다. 어떻게 이 사람들을 찾아볼 순 없을까 생각해보니 담임선생님한테 물어보면 뭔가 실마리가 있지 않을까 싶었다. 왜냐하면, 형민의 중학교는 사립 학교인 데다가 담임선생님은 꽤 오래전부터 이 학교에 있었다고 들었기 때문이다. 더구나 담임선생님은 현재 문예반을 맡고 있었다.

　'내일 학교에 가면 물어봐야겠다. 오래되긴 했지만 어쩌면 선생님은 그때 그 학생들을 기억하고 있을지도 몰라.'

8. 선생님의 비밀

"선생님, 드릴 말씀이 있는데요."

형민은 다음 날 청소를 마저 마치고 옛 동아리실 열쇠와 청소 도구를 건네면서 낡은 서류 봉투도 건넸다.

"이거 캐비닛 뒤에서 발견한 건데요. 밀봉이 되어 있었어요. 뭔가 궁금해서 제가 뜯어서 다 읽어보았는데, 편지도 있고 일기 같은 것도 있더라고요. 이거 뭐예요?"

담임선생님은 의아한 표정으로 서류 봉투를 받아들었다. 그 안에 들어있는 편지 봉투들을 꺼내면서 선생님 낯빛이 바뀌었다.

"으음…, 이게 어디에 있었다고?"

"캐비닛 뒤에요."

"이야~, 이게 거기 있었구나. 잃어버리고 한참 찾았는데…. 허, 참! 이거 너 다 읽어봤니?"

"네, 내용이 다 개꿀잼! 히히히. 근데 이게 도대체 뭔데요?"

"형민아, 이거 나한테 갖다 줘서 고맙다. 이거 예전에 내가 문예반 지도할 때 학생들이 쓴 거야."

알고 보니 선생님이 초임 시절 학생들 지도하면서 학생들의 말 못 할 고민도 해소하고 글쓰기로 스스로 위로를 얻는 경험을 얻게 하고자 써보도록 했다는 것이다. 글의 형식은 자유롭게 하고 최대한 솔직하게 쓰되 필력을 기르기 위해 너무 짧지는 않게 써보라고 했다는 것. 대신 아무도 읽지 못하도록 밀봉을 해오라고 했고, 그것은 문예반 학생들과 여름방학 때 1박으로 캠핑하러 가서 그 날 밤 캠프파이어 때 태우기로 약속했다는 것이다. 그런데 그만 미리 받아둔 글들을 넣어둔 봉투를 통째로 잃어버려서 선생님은 매우 당황했고, 어떻게 할까 고민하다가 학생들 몰래 비슷하게 가짜로 만든 봉투를 가지고 가서 불태웠다고 했다.

"그때 일이 오래도록 찜찜했는데 이제야 이게 나오다니, 기가 막히는구나."

선생님은 누런 서류 봉투를 손으로 만지작거리며 예전 생각에 잠기는 듯 아련한 표정이 되었다.

"선생님은 그럼 안 읽어보신 거예요?"

"그렇지, 밀봉한 채로 제출하라고 했거든."

"전 다 읽어보았는데…."

"난 읽지 않기로 당시 약속을 했으니 지켜야지."

"저도 아직 다른 사람한테 말하지 않았어요. 내용이 개인정보 같은 느낌이 들어서요. 저 잘했죠?"

"잘했다. 형민이 진중한 면이 있구나."

"그럼 저 상점 주세요."

"하하, 녀석, 알았다. 친구들한테 말하고 싶었을 텐데 나한테 갖다 주었으니 상점 주마."

"아싸! 근데 선생님은 내용이 궁금하지 않으세요?"

"지금 알아서 뭐하겠니? 그때도 내가 학생들이 말하지 않는 고민을 일부러 알아내는 것이 과연 도움이 될까 싶기도 했고. 다만 글쓰기의 힘을 좀 알게 해주고 싶었던 거야. 진솔하게 글을 쓰다 보면 스스로 위로도 받고 자신이 해결해 나갈 방법을 찾기도 하거든."

"글쓰기의 힘요?"

"그런 게 있다. 이건 없애버려야겠다."

선생님은 누런 종이봉투를 들고 일어나 교무실 귀퉁이에 있는 문서 세단기로 다가가더니 봉투를 하나하나 꺼내어 마치 신성한 의식을 치르는 듯 조심스럽게 한 장씩 넣었다.

"촤르르륵…."

17년 전 비밀을 간직하고 있던 글들은 문서 세단기의 아쉬운 소리를 마지막으로 순식간에 사라져버렸다. 그것들은 이제 형민의 기억 속에만 존재하는 이야기가 되었다. 형민은 어쩐지 아깝다는 생각과 가정폭력을 저지르는 아버지가 죽기를 바랐는데, 정말 죽어버려 이중 감정을 가지게 된 현오라는 사람의 혼란은 지금쯤 어떻게 정리가 되었을까가 가장 궁금했다.

"선생님, 그때 문예반 학생들 다 기억하세요?"

"글쎄다, 열심히 활동했던 애들 몇 명은 지금도 기억나. 다는 아니지만."

"그럼 혹시 현오라는 사람은요?"

"아, 유현오! 걔는 문예반은 아니었는데 문예반에 열심이었던 승윤이랑 아주 친했지. 그래서 현오 걔도 거의 문예반처럼 느껴질 정도로 우리 동아리실을 자주 드나들었어. 그런데 어떻게 현오를 아니? 현오는 문예반이 아니어서 당시 글을 쓰거나 하진 않았는데?"

"그게, 제가 읽은 글에 현오라는 사람이 나와서 그냥 궁금해서요."

형민은 더 말을 해야 할까 하다가 대충 얼버무렸다.

"그래? 아마 승윤이가 쓴 글에 현오가 나오나 보다. 둘이 잘 붙어 다녔거든. 참! 너도 문예반 들어오지 않을래?"

담임선생님의 제안에 형민은 깜짝 놀랐다. 왜냐하면, 이번 글들을 보면서 글쓰기란 것에 대해 호기심이 많이 생겼기 때문이다. 무엇이 그 사람들을 이렇게 솔직하게 다 보여주도록 했을까? 누군가 읽지 않는다고 해도 글을 쓰는 그 자체가 뭔가 멋있어 보였다.

"전 이미 딴 동아리 하고 있어요. 축구 동아리요."

"현오처럼 깍두기로 들어와. 동아리 시간에는 원래 하던 축구를 하고 문예반은 비공식적으로 와서 아무 때나 놀다 가."

"그렇지만 저는 소질이 없는데요?"

"소질이랑 상관없어. 그리고 너 소질 없지 않아. 지난번에 연습장에 쓴 흡연 예방 문예 대회에 내려고 쓴 글 봤어. 완성을 못 했지만, 그 정도면 너 잘 쓰는 거야."

"억! 정말요?"

"그래, 그리고 여기 오래전 선배들이 무슨 글을 썼는지는 몰라도 아마 글을 쓰면서 그 애들은 한층 성장했을 거야. 글에는 그런 힘이 있거든."

"선배님들을 한번 만나보고 싶어요. 저는 글을 읽었잖아요. 지금 잘살고 있는지 궁금해요."

"나야말로 보고 싶구나. 고등학교 올라가고 여러 번 왔었는데 대학 들어가고 나서는 연락만 가끔 왔지. 요즘은 어떻게 살고 있는지 나도 궁금해."

"선생님은 매년 제자들이 있는데 다 기억하세요?"

"다는 기억 못 해. 근데 담임을 했던 애들과 문예반 애들은 기억하고 있지. 특히 2005년 애들은 내가 신규교사였을 때라서 잘 기억하고 있어."

"그렇군요. 선생님, 글을 쓰면 생각이 정리돼서 좋을 것 같긴 한데 글쓰기라는 게 어렵게 느껴져요."

"잘 쓰려고 해서 그래. 그냥 편하게 하고 싶은 말을 글로 쓰다 보면 점점 필력이 늘게 되지. 글쓰기는 내가 무슨 생각을 하고 있는지 알게 해줘. 뭘 알아서 쓴다기보다는 쓰다 보면 알게 된달까? 우리는 자신이 무슨 생각을 하는지 모르고 살기 일쑤거든."

"자기 생각을 글로 쓰는 게 아니라 글을 쓰다 보면 자기 생각을 알게 된다고요? 무슨 말씀인지 잘 모르겠어요."

"그래, 말로는 잘 이해하기 힘들 수 있어. 자꾸 써 봐야 해. 암튼 자주 동아리실에 들러."

"좋아요. 선생님."

형민은 자신이 발견한 정체 모를 글 꾸러미에 대해 궁금증이 해소된 것도 좋았고, 담임선생님이 오랜 시간이 지났는데도 약속을 지키는 모습이 믿음직해 보였다. 거기에다 말썽만 부려온 자신에게 글을 써보라고 권해주면서 챙기는 마음 씀씀이가 고마웠다. 선생님의 기대에 부응해서 앞으로 책도 읽고 수첩을 가지고 다니면서 자주 글을 쓰는 습관을 가져야겠다고 생각하면서 자리에서 일어났다.

9. 선배들의 방문

6월 말 기말고사가 끝나자 수업 분위기가 많이 흐트러졌다. 에어컨을 빵빵하게 틀어주긴 해도 교실 문만 나가면 온도 차가 심했다. 한창 호르몬이 왕성한 중학생들은 이마에 나는 여드름만큼이나 기분이 들쭉날쭉했다. 그 사이 형민이가 청소해놓았던 동아리실은 조금씩 제모습을 갖추어나가고 있었다. 새로 에어컨도 설치하고 싱크대도 바꿨다. 교장실에서 안 쓴다고 내놓은 소파도 옮겨놓았다. 동아리실이 부족해 문예반이 기타반과 같은 동아리실을 쓰고 있었는데 옛 동아리실을 손보자 기타반, 만화반 할 것 없이 동아리 소속 아이들은 서로 차지하고 싶어 했다. 그러나 원래 예전부터 문예반 동아리실이었고, 현재 리모델링을 추진한 선생님이 바로 문예반 선생님이었기 때문에 자연스럽게 문예반 차지가 되었다.

형민은 친구 종경이가 5월에 있었던 흡연 예방 문예 대회에서 장려상을 받은 사실을 알고 있었다. 종경이는 자신이 겨우 장려상이라는 사실에 실망한 눈치였지만, 형민은 종경이가 글을 완성한 것 자체가 멋지게 느껴졌다.

문예반 아이들은 선생님이 미리 얘기를 해놓아서인지 형민이 문예반에 들락거리는 것을 잘 받아주었다. 형민은 문예반 친구들에게 무슨 책을 주로 읽나 물어보기도 하고, 재밌다고 추천해준 청소년 소설을 빌리기도 했다. 문예반은 원래 매주 월요일 7교시에 정기수업 시간이 있고 나머지 요일에는 하교 후 1~2시간 정도 동아리실을 자유롭게 이용하게 되어 있었다. 형민이는 월요일에는 축구 동아리를 하고 나머지 요일에는 매일 들러 책을 읽다가 집으로 갔다. 아이들은 종종 노트북이나 습작 노트를 가지고 뭔가 쓰기도 했다. 문예반에 드나들면서 형민의 벌점은 점차 줄어들었다. 수업 시간에 장난을 덜 하게 되었고 친구들과 몸 장난도 적어졌다. 형민이 스스로도 기특한 일이었다.

언제부턴가 매미 소리가 들리기 시작하더니 방학이 될 무렵에는 제법 시끄러울 정도였다. 방학을 며칠 앞둔 날이었다. 그날은 오전 수업만 있는 날이어서 친구들이 일찍 하교했다. 형민은 동아리실에 들렀다 가려고 하는데 선생님이 불렀다.

"형민아, 놀라운 소식이 있어. 알아맞혀 봐."

"글쎄요? 샘이 로또에 당첨되기라도 했어요? 히히히."

"어이쿠! 너답다. 이따 3시쯤에 누가 온대."

"누가요?"

"누굴까 맞춰봐."

"정말 모르겠는데요? 누가 오는데 놀라운 사람이라?"

"17년 전 문예반 제자들이 온대."

"우와! 정말요? 어떻게 그럴 수가!"

"그러니까 말이야. 원래 15년만인 재작년에 오려고 했는데 서로 시간이 맞지 않아 이번에 온다는구나. 어때 놀랍지?"

"완전 대박이에요. 대박 사건!"

"너 만나고 싶다고 했지? 잘됐다. 같이 보자."

"근데 몇 명이나 온대요? 그 글 쓴 선배님들도 오는 건가요?"

"응, 승윤이랑 꽁지랑 기남이가 온대."

"헙!"

이름들을 듣자 형민은 그들이 쓴 글이 떠올랐다. 모두 잘살고 있나 궁금했다.

3시 10분쯤 되자 문예반 출입문 쪽이 시끌벅적해졌다. 문이 열리면서 선생님과 다 큰 어른들 셋이 들어왔다. 형민은 자동으로 일어나서 꾸벅 인사를 했다.

"안녕하세요?"

"후배님인가 보다. 반가워요."

꽃다발을 들고 온 여자가 웃으며 인사했다.

"반갑다, 후배. 몇 학년이야?"

"2학년이요."

싱긋 웃으며 남자 하나가 물었고 대답도 전에 다른 남자 하나는 동아리실을 두리번거리며 반가운 내색을 했다.

"이야! 여기 아직도 눈에 선해요. 많이 바뀌지 않은 것이 신기해요."

어쩐지 형민이 직감으로 이 사람이 우기남일까 하는 생각이 들었다. 그러나 자신은 전혀 그 글들에 관해 얘기할 순 없어서 혼자 호기심만 증폭되었다.

"뭘 꽃을 사 오고 그래? 암튼 고맙다, 일단 앉아."

선생님은 꽃다발의 향기를 맡으며 자리를 권했고, 그들은 가지고 온 음료수를 꺼내 탁자 위에 놓았다.

"네가 기남이지? 얼굴선이 굵어져서 그냥 밖에서 지나가면 전혀 못 알아보겠다."

"제가 너무 잘생겨져서 못 알아보실 것 같은데요? 하하하."

"승윤이도 오랜만에 본다."

"자주 연락 못 드려 죄송해요. 대학 졸업하고 군대 갔다 오고 취업하고 하다 보니 얼마나 세월이 빨리 가는지…. 선생님은 그대로세요."

"그대로는, 내 나이가 벌써 마흔이 넘은걸. 아무튼 잘 왔다. 그리고 어린애 같던 꽁지도 다 커서 아가씨가 되었으니 난 너희가 너무 신기하다."

"아직도 꽁지라고 불러주시네요. 근데 그 별명 저도 좋아해요. 남친도 저를 꽁지라고 불러요."

"오호! 남친도 있고…. 좋겠다."

선생님은 평소보다 몹시 즐거워 보였다.

가만히 듣고 있던 형민은 호기심을 참지 못하고 물었다.

"이름이 원래 뭔데요?"

"아, 내 이름은 원래 공지수야. 근데 내가 단발머리를 묶고 다녀서 머리 꽁지를 보고 애들이 꽁지라고 불렀어. 별명이 귀여워서 나도 그 별명 좋았어."

공지수는 지금은 긴 생머리를 하고 있었다. 그때 남자 선배 하나가 한마디 했다.

"난 내 이름 엄청나게 싫어했잖아. 애들이 하도 놀려서. 그때는 얼마나 짜증이 나던지."

"맞아, 너 그때 이름 때문에 스트레스 많았지. 애들이 아무 생각 없이 놀리고 그랬어. 참 철들이 없었지. 그래도 이름 바꾸지 않았네?"

승윤이 우기남을 공감해주며 물었다. 형민은 우기남이 쓴 글이 저절로 떠올랐다. 선생님도 거들었다.

"요새는 이름 많이 바꾸긴 하더라."

"저도 한때는 이름을 바꾸고 싶은 마음이 간절했던 적도 있었어요. 부모님도 제가 놀림을 당하는 것을 아시고는 원하면 이름을 바꿔주시려고 했어요. 그런데 이름을 막상 바꾸려고 생각해보니 어쩐지 억울한 거예요. 저는 아무 잘못 하지 않았는데 왜 아무 문제 없는 내 이름을 바꿔야 하나 그런 생각이 든 거죠. 이름을 바꿀 게 아니라 이름 가지고 놀리지 않도록 하는 문화가 되어야 한다고 생각했어요."

우기남의 말이 끝나자 공지수가 박수를 짝짝 치면서 지지했다.

"오! 기남이 생각 정말 훌륭한데? 맞아. 이름 가지고 놀리는 것을 장난으로만 치부하는 게 문제지."

선생님도 한마디 거들었다.

"그때만 해도 때리는 것만 폭력으로 여겼던 시절이었지."

"그래. 상대방 마음에 상처를 주는 말도 폭력이지, 눈에 보이는 상처와 멍만 폭력이 아니라."

승윤도 공감의 뜻을 표했고, 형민은 묵묵히 듣고 있었다.

"승윤이는 대학 가고 한번 찾아왔었지? 그래도 서른이 넘으니 어엿해 보이고 좋다. 너희들끼리는 서로 연락을 쭉 해왔던 거니? 현오는 오늘 같이 안 왔네?"

"서로 바쁘고 다 다른 곳에 살고 해서 우리도 어쩌다 안부만 전하고 그랬어요. 현오는 제주도로 이사 갔다고 들었는데 소식이 끊겨서 연락처를 몰라요."

"그렇구나, 너희들 셋이라도 잘 왔다. 암튼 반갑다."

"선생님도 뵙고 싶고 또 우리가 옛날에 묻어놓은 타임캡슐도 캐보려고요."

"타임캡슐? 타임캡슐을 그때 묻었단 말이야? 나도 끼워주지."

"그러게요. 그때는 우리끼리 장난처럼 재미로 했어요. 한창 타임캡슐 묻는 게 유행이었거든요. 우리 말고도 더 있었는데 연락이 끊긴 애도 있고 일상에 묻혀 큰 관심 없는 애도 있더라고요. 연락이 끊기지 않은 친구들에게는 카톡으로 얘기해놨고요. 개봉한 사진 찍어서 인증샷으로 올리기로 했어요."

형민은 타임캡슐이라는 것에 솔깃해졌다. 말만 들어봤지, 자신은 한 번도 그런 것을 해본 적이 없었기 때문이었다.

"어디에 묻었는데?"

"제가 기억하기로는 뒷마당 나무와 나무 사이 정확히 중간이요. 일부러 찾기 쉽게 하려고 그렇게 묻었어요."

"같이 가봐도 될까?"

"그럼요."

형민도 덩달아 따라나섰다. 선생님은 창고에서 목장갑 꾸러미와 삽, 호미를 하나씩 갖고 왔다.

"얼마나 깊이 묻었는지를 몰라서 일단 이렇게 갖고 왔다."

"제가 캐볼게요. 이리 주세요."

승윤이라는 사람은 삽을 건네받고 산수유나무 두 그루 사이 한가운데로 가서 삽질하기 시작했다. 조금 캐자 뭔가 둔탁한 소리가 났다.

"이거다, 이거!"

모두 기대에 부푼 눈길로 바라보자 승윤은 약간 흥분된 목소리로 외쳤다.

"조심해, 깨지지 않게 살살 파."

공지수가 옆에서 호미를 들고 말했다. 우기남은 핸드폰을 들고 이 순간을 놓치지 않겠다는 듯이 동영상을 찍고 있었다. 형민도 가슴이 두근거리는 느낌이었다.

'17년의 세월이 훌쩍 흘러버린 지금 저 사람들은 기분이 어떨까?'

조심스럽게 삽으로 떠낸 타임캡슐은 거대한 달걀 같았다. 흙이 잔뜩 묻은 것을 공지수가 호미로 대충 긁어내고 목장갑 낀 손으로 탁탁 털어내니 제 모양이 드러났다. 오랫동안 흙 속에 있어서인지 노란색이 칙칙하고 얼룩덜룩했지만 별 손상 없이 거의 멀쩡한 상태였다.

"우와, 이렇게 오래되었는데도 그대로 잘 있었구나. 정말 신기해."

공지수가 활짝 웃으며 감명 깊은 목소리로 말했다.

"나 그 영화 생각난다. 전지현 나오는, 무슨 영화더라?"

"엽기적인 그녀요?"

형민이 대답했다.

"어, 맞아. 봤니? 그 영화 너 어릴 때 나왔는데?"

"그때 본 건 아니고요. 다 커서 명절 때 텔레비전에 나오는 거 봤어요. 그 영화에도 타임캡슐 꺼내는 거 나오잖아요."

공지수는 가지고 온 물티슈로 통을 닦으며 붙어 있는 흙을 마저 털어냈다.

"동아리실로 가지고 들어가서 개봉하자."

승윤이 파낸 자리를 흙으로 다시 메꾸고 발로 꾹꾹 밟는 사이 형민이가 말했다.

"삽과 호미는 제가 갖다 놓을게요."

형민이 다시 동아리실에 갔을 때는 이제 막 뚜껑을 개봉하기 직전이었다.

"너도 와서 구경해."

우기남이 사진을 찍으려고 핸드폰을 들이대며 말했다. 승윤이 힘을 써서 뚜껑을 돌렸다. 뻑뻑한 소리를 내며 뚜껑이 돌아갔고 잠시 후 개봉되었다.

"우와! 신기!"

형민은 자신도 모르게 감탄사를 내질렀다.

"도대체 뭐가 들었나 나도 너무 궁금하다. 빨리 꺼내 봐."

선생님도 약간 흥분한 것 같았다. 승윤이 하나하나 꺼냈고 예상

외로 많은 것들이 나왔다. 종이 접은 쪽지, 스티커, 다마고치, 스티커사진, 천 원짜리 지폐, 액세서리, 몇 개의 편지, 볼펜, 분필통, 작은 비닐봉지 꾸러미, 비즈 반지가 나왔다.

"재밌네. 이거 누가 넣은 건지 다 기억하니?"

선생님이 흥미로운 듯 묻자 공지수가 먼저 말했다.

"제 것은 이렇게 비닐봉지에 따로 넣어서요."

공지수는 비닐봉지 꾸러미에서 편지며 하얀 외계인 인형 등을 꺼냈다.

"그 인형은 뭐야? 하하하. 이런 게 그때도 있었나?"

우기남이 외계인 인형을 만지작거리며 신기하듯 말했다.

"나는 외계인이 분명 있다고 믿었거든. 그래서 나중에 타임캡슐 꺼낼 때면 외계인의 존재가 좀 드러나지 않을까, 그러면 어떤 모습일까 이런 생각에 외계인 인형을 넣었지."

"흠…. 근데 여전히 아직도 외계인의 존재는 뚜렷이 드러난 게 없네. 그래도 꽁지가 뭔가 미래 지향적인걸?"

선생님이 말했고 그런 와중에도 다들 타임캡슐 안에서 나온 것들을 살펴보고 있었다.

"여기 다른 친구가 쓴 편지들은 어떻게 하지? 언제 전해주나?"

"카톡방에 편지 찾으러 오라고 올리든가, 주소 알려달라고 해서 보내주면 되겠다."

"내 편지는 내가 읽어봐야지."

공지수와 우기남과 승윤은 자신들의 편지를 챙겼다.

"나, 이거 보니까 울컥하려고 해."

우기남은 작고 투명한 플라스틱 네모 상자에서 털 몇 가닥을 꺼내어 보여줬다.

"이게 뭔데?"

"내가 키우던 강아지 털이야. 눈이 왕방울처럼 커서 이름이 방울이었는데 타임캡슐 찾아볼 때쯤이면 방울이는 하늘나라에 가 있을 것 같아서 방바닥에 떨어진 털들 조금 모아서 여기 넣었거든. 그대로 있네. 방울이는 하늘나라로 간 지 오래되었는데."

"타임캡슐이 이런 효과가 있구나. 추억이 새록새록."

"누가 자기가 쓴 편지 공개할 사람 없어?"

"민망해, 부끄럽다. 하하."

"혼자 읽어도 민망할 것 같은데 여기에서 공개하는 건 쫌~!"

다들 조금씩 들떠서 분위기가 떠들썩했다. 형민은 자신이 읽은 글 쓴 사람들이 이렇게 다 커서 한데 모여 웃고 떠드는 게 신기해서 마치 시간여행하는 영화의 주인공이 된 기분이 들었다.

"사진이나 찍자! 타임캡슐이랑 우리 모두!"

"그래, 선생님도 여기로 오세요. 다 모여."

"제가 찍어드릴게요."

형민은 잽싸게 승윤의 핸드폰을 받아들었다. 원탁에 노란 달걀모양 타임캡슐이 있고 물건들이 나와 있는 상태에서 선생님은 가운데 자리로 앉고 나머지 승윤, 공지수, 우기남이 둘러앉았다. 활짝 웃는 모습, 하트모양 손가락을 하고 찍은 모습, 타임캡슐을 들여다보는 모습 등 여러 장면을 찍었다. 형민은 사진을 찍어주면서 왠지 모를 행복감을 느꼈다. 저 사람들도 예전에 여기서 지금의 나와 비슷한 고민을 했었다니!

10. 뜻밖의 만남

방학이 다가오자 엄마에게서 연락이 왔다. 제주도에서 3박 4일 동안 휴가를 같이 보내자는 제의였다. 엄마에 대한 감정은 늘 복합적이었다. 엄마가 집에 있을 때는 잔소리를 자주 들어 짜증이 날 때가 있었지만 미움이나 서운함은 없었다. 부모님이 싸움할 때면 형민은 아빠보다는 엄마 편을 들었다. 아빠가 엄마한테 함부로 말할 때면 자신이 대신 대들고 싶을 때가 많았다. 그러나 막상 엄마가 집을 떠나버리자 이해하기보다는 서운한 마음이 컸다. 집에 가면 아무도 없는 것이 형민은 너무 싫었다. 학원에 갔다가 9시쯤에 귀가해도 아빠는 보통 더 늦게 들어오기 일쑤였다. 식사는 주말에 포장 음식 사놓은 것 데워먹거나 라면으로 때우거나 아니면 외식이 일상이었다.

엄마가 없는 것이 가끔은 좋을 때도 있었다. 형민이 듣는 잔소리가 확 줄었던 것이다. 물론 아예 없는 것은 아니었다. 형민이 학교에서 말썽을 부릴 때마다 선생님은 엄마에게 전화를 해서 그때마다 엄마한테 전화가 왔다. 어떻게 하려고 그러냐 엄마 너무 속상하다 말하는 엄마를 대할 때 형민은 속으로 고소하기도 했다.

'그러게 왜 집을 나가래? 엄마가 없으니까 내가 이런 거잖아?'

이렇게 철없는 생각을 하는 것이었다. 예전엔 학교보다 집이 좋았지만, 지금은 차라리 학교가 좋았다. 비록 가끔 짜증이 나고 공부는 하기 싫었지만, 학교에는 언제나 친구들이 있었고 그날이 그날 같긴 해도 심심하지 않았다. 장난을 치면 받아줄 친구와 관심을 가져주는 선생님들이 있었다. 수업 시간에 관종짓을 하면 모두가 웃어주었다. 물론 가끔 혼자 있을 때는 그 모든 것이 다 부질없다는 생각이 들기도 했다.

'엄마는 돌아올까?'

짬짬이 그런 생각을 많이 했다. 아빠와의 관계를 생각하면 쉽지 않을 것 같았다. 좀처럼 둘의 사이는 좁혀지는 것 같지 않았다. 서로 통화도 없고 얼마 전 아빠의 핸드폰을 보니 문자나 카톡 대화도 거의 없었다. 자신이 말썽을 부렸을 때만 통화기록이 있었다. 그런 엄마가 제주도 여행 제안을 해온 것이다. 형민은 방학 때 특별히 할 일도 없었지만, 엄마의 속내를 알고 싶기도 해서 승낙을 했다. 아빠도 선뜻 다녀오라고 했다. 엄마는 숙소 예약이며 일정을 형민에게 해보라고 했다. 형민은 몇 년 전에 제주도로 가족여행을 갔던 일을 떠올리며 인터넷을 뒤졌다.

더운 여름이라 한라산 등반이나 올레길 걷기 같은 일정은 빼버렸다. 대신 우도를 한 바퀴 돌고 맛집을 찾아다니고 자연휴양림 길을 걷고 섭지코지 근처에 아쿠아플라넷, 해수욕장 등 시원한 일정 위주로 짰다. 개학을 일주일 정도 남기고 제주 여행을 떠나기로 했다. 엄마가 밉기도 하고 서운하기도 했던 형민이지만 막상 엄마와 여행을 간다고 하니 설레기도 했다.

제주 여행을 기다리는 동안 형민은 지루한 방학을 보냈다. 낮엔 너무 뜨거워 집안에만 있었다. 에어컨을 빵빵하게 틀어놓고 늘어지게 낮잠을 자기도 했고, 넷플릭스로 좀비 영화도 실컷 봤다. 가끔은 친구들과 PC방에 가서 게임도 했고 기분이 내키는 날은 유튜브를 보고 아빠와 같이 먹을 저녁밥도 준비했다. 아빠는 형민이 요리한 음식을 잘 먹기는 했으나 '맛있다' 소리는 하지 않았다. 물론 아빠도 가끔은 요리를 했다. 그럴 때면 형민은 아빠를 도왔고, 맛있다고 해주었다. 유튜브에서 인기 있는 요리 채널을 몇 개 알려주기도 했다. 아빠는 이런 게 있냐면서 흥미롭게 들여다보기도 했다.

아직은 뜨거운 8월 중순이었다. 매미도 여름이 얼마 남지 않은 것을 알기라도 하듯 단체로 악을 쓰고 울어댔다. 가방을 챙겨서 공항으로 가는 차 안에서 아빠는 현금 이십만 원이 든 봉투를 주면서 한마디 했다.

"엄마 말 잘 듣고 좋은 추억 많이 만들고 와."

형민은 고개를 끄덕거렸다. 이번 며칠만 같이 보내면 또 언제 엄마랑 같이 있을 시간이 있으려나 하는 생각에 엄마와 함께할 일정을 머릿속에 떠올려보았다.

청주 공항에서 엄마를 만나기로 했는데 아빠는 자신을 내려주고는 엄마 얼굴도 보지 않고 횅하니 가버렸다. 아빠와 엄마의 간격은 지금 사는 집의 거리만큼이나 멀어 보였다.

오랜만에 만난 엄마는 어쩐지 얼굴이 더 환해 보였다. 그 모습이 좋아 보이기도 하고 한편으로는 속이 뒤틀리는 기분도 느꼈다.

'내가 보고 싶어서 엄마가 삐쩍 말라 있기라도 바란 거니, 김형민?'

속으로 자신을 들여다보곤 이내 마음을 고쳐먹기로 했다.

"어이구, 형민아, 잘 있었니? 키도 많이 컸네. 아빠는 갔어?"

"미안하지만 아빠는 가버렸어. 엄마도 잘 있었어?"

"네가 왜 미안해? 하하하…. 너랑 제주도 여행 간다고 할 때부터 어찌나 설레던지, 아유~ 좋다, 얘. 우리 둘이 여행도 가고."

엄마는 정말 확실히 예전보다 좋아 보였다. 더 예뻐지고 표정이 밝아 보였다.

'원래 우리 엄마가 이렇게 빛이 났었나. 훨씬 젊어진 것 같아.'

형민이가 엄마의 동의를 얻어 예약한 숙소는 함덕해수욕장에서 멀지 않은 바닷가에 있었다. 호텔이며 펜션이며 게스트하우스까지 숙소는 차고 넘쳤다. 좋아 보이는 곳도 많았다. 호텔이 좋을까 게스트하우스가 좋을까 하다가 엄마랑 같이 묵기에는 호텔보다 분위기 있는 펜션이 좋겠다고 판단했다. '별이 뜨다'라는 펜션이 마음에 쏙 들었다. 잔디밭이 깔린 앞마당이 시골 전원주택 같은 분위기를 주면서 3층까지 있는 전 객실이 바다가 바라다보이는 구조가 좋았다. 더구나 형민이 예약한 방은 복층 구조여서 잠도 따로 잘 수 있게 되어 있었다. 체크인하고 들어가 보니 지어진 지 2~3년밖에 되지 않아 깔끔하고 미니멀한 인테리어가 바다 쪽 넓은 창과 잘 어울려 마음까지 탁 트이는 것 같았다.

"형민아, 여기 너무 좋다. 예약 잘했네. 엄마 기분 날아갈 것 같다."

"바다가 잘 보여서 골랐어."

짐을 풀고 숙소 앞 바닷가로 나갔다. 바람이 파도를 치게 하는

건지 파도가 바람을 불게 하는 건지 시원한 바람과 함께 하얗게

부서지는 파도를 보니 가슴이 열리는 것 같았다. 바닷바람을 실컷

마시고 둘은 빌린 차를 가지고 엄마가 먹고 싶다는 보말죽을 먹으

러 갔다. 전복죽과 비슷한 보말죽은 적당히 짭조름하니 고소하고 입에서 자꾸 당기는 맛이었다. 보말죽과 보말칼국수로 유명한 이곳은 식사 시간대에 오면 줄 서서 먹는 집이라고 했다.

맛있는 식사를 마치고 함덕해수욕장 근처의 분위기 있는 카페로 들어갔다. 형민이 사는 동네도 최근 몇 년 들어 카페가 자꾸 생겨서 왜 이렇게 카페가 많아지나 생각했는데 이제야 알 것 같았다. 카페는 큰돈 들이지 않고 사람들을 일상에서 잠시 떠나게 해주는 쾌적한 공간이었다. 집과는 다른 분위기, 향긋하고 고소한 커피향, 거기에 아무 생각 없이 들을 수 있는 음악이 사람들 마음을 열어주었다.

"형민아, 엄마 없이 사느라 고생했다. 엄마가 그게 늘 미안해."

파도를 하염없이 바라보던 엄마가 카페라테를 마시는 형민에게 말했다.

"미안하면 인제 그만 집으로 돌아오면 되잖아."

"음…. 근데 너도 알다시피 엄마는 아빠 때문에 아주 힘들었어. 이 상태에서 다시 돌아간다고 해결될 것 같지도 않고."

"어른들은 뭐가 그렇게 힘들어? 그냥 적당히 맞춰 살면 되는 것 아니야?"

형민이 입을 삐죽 내밀며 불만스러운 듯 말했다.

"대충 맞춰 살아보려고 했는데 그게 그렇게 쉽지 않더라. 아빠랑 살면 내가 너무 작아지는 것 같아. 자꾸만 납작해지는 느낌 말이야. 싸우는 모습 너한테 보여주기는 싫고 그렇다고 참자니 내가 죽을 것 같더라고."

"…."

"아직은 내 손이 많이 가야 하는 것 알아. 그래서 내가 같이 가자고 했던 거야. 인제라도 엄마랑 같이 살지 않을래?"

"엄마를 따라가면 아빠랑 영영 헤어질 것 같아서 싫어. 난 엄마도 소중하고 아빠도 소중해."

형민 엄마는 그 말을 듣더니 울컥하는지 잠시 창밖을 응시했다가 말했다.

"아무래도 부모가 자식 사랑하는 것 못지않게 자식도 부모 엄청나게 사랑한다는 말이 맞나 보다."

엄마는 창문 너머 먼바다 수평선을 바라보았다. 해안가 파도는 연실 물거품을 잔뜩 풀어놓고 갔다가는 다시 하얀 물거품을 물고

달려왔지만, 먼 데 수평선은 그지없이 평온하기만 했다.

밤이 되고 잠자리에 들 시간이 되었다. 형민은 자연스럽게 다락방으로 올라갔다. 엄마가 모처럼 여행 왔는데 옆 침대에서 같이 자자고 했지만, 형민이 사양했다.

"엄마, 나 사춘기야. 내가 엄마랑 왜 자? 중2가 엄마랑 같이 자는 거 봤어?"

엄마도 빙그레 웃으며 답했다.

"어이구, 그러세요? 다 컸다, 이거지? 좋아. 잘 자~."

밤은 짧았고 어느새 아침 햇살이 커튼 사이를 뚫고 들어와 숙소 방안을 환히 비췄다. 해가 솟아오르든 말든 정신없이 자는 형민을 엄마가 깨워 아침 먹으러 가자고 했다.

"벌써 8시 다 되어 가. 너무 늦으면 아침 안 줄걸?"

대충 씻고 아침을 먹으러 펜션 1층 식당으로 갔다. 크진 않지만 깔끔해 보이는 식당에 들어서니 주인 부부가 반갑게 인사했다.

"푹 쉬셨어요? 오늘 날씨가 참 화창하네요."

눈빛이 착하게 생긴 남자 주인은 굵은 중저음의 목소리가 매력적이었다.

"숙소가 편안해서 잘 잤어요. 사장님이 직접 아침 준비해 주시는 거예요?"

"네 오늘 아침 메뉴는 샐러드와 달걀 치즈 오믈렛입니다. 커피는 이쪽에 있습니다."

"너무 맛있어 보여요. 사장님 젊어 보이는데, 요리도 잘하시고 능력 있으시네요."

형민은 엄마가 이렇게 말이 많았나 싶었지만 나쁘지 않았다. 엄마 말대로 주인 부부는 매우 젊어 보였다. 맛있어 보이는 음식이 눈앞에 보이자 평소에 아침밥을 거르던 형민도 침이 꿀꺽 넘어갔다.

"아드님하고 여행 오셨나 보네요. 정말 보기 좋은데요? 어디에서 오셨어요?"

"충북 제천에서 왔어요. 아마 어딘지 잘 모르실 거예요."

"아! 정말요? 저도 제천 사람이에요. 어쩐지 말투가 비슷해서 혹시나 했는데 이럴 수가!"

주인 남자는 반가운 표정을 하며 저절로 눈이 커졌다. 형민도 같은 지역 사람이라는 말을 듣고 신기했다.

"제천 말투가 좀 특이하긴 하죠. 그런데 제천 분이 어떻게 여기에서 이런 걸 운영하시게 되었어요?"

"제가 고등학교까지 제천에서 마치고 제주도로 왔어요. 제주도에 이모가 살고 있었거든요. 십 년이 넘었네요. 이모가 하던 식당을 엄마와 같이하면서 저도 요리를 배웠어요. 제주도에서 결혼도 하고 아내와 모은 돈으로 여기에 펜션을 지었죠. 1층은 우리가 살고 2, 3층은 모두 객실로 지은 거죠. 지은 지 2년밖에 안 되었어요."

고향이 같아선지 남자는 스스럼없이 말해주었다.

"제천 어느 학교 나왔어요?"

제천이 워낙 소도시라 형민은 혹시나 해서 물어보았다.

"아, 난 고영초, 의림지 중학교, 의림지 고등학교. 학생은 어디 다녀요?"

"우와, 전 지금 의림지 중학교 다녀요. 대박이다!"

형민은 설마 했는데 펜션 주인이 중학교 선배라고 하자 깜짝 놀랐다.

"어머, 그럼 자기가 학교 선배네."

듣고 있던 여자도 눈을 동그랗게 뜨면서 반가워했다.

엄마도 신기한 듯 놀라서 형민이 어깨를 툭툭 쳤다.

"반갑네요. 말 놔도 될까? 그럼 아직 강성식 선생님 계시니? 그

분 엄청 좋은 분인데."

펜션 주인이 선생님 이름을 얘기하자 형민은 목소리가 갑자기 커졌다.

"네에? 우리 담임선생님이에요. 아저씨, 아니 선배님, 이름 뭐에요? 학교 가면 얘기하려고요."

"하하, 그냥 아저씨라고 불러도 돼. 정말 신기하네. 어떻게 이런 우연이 있을 수가. 나는 유현오라고 해. 선생님도 아마 나를 기억하실 것 같아. 첫 발령으로 오셔서 담임선생님이었거든. 더구나 선생님이 문예반 동아리를 맡았는데 나도 문예반에 자주 드나들었어. 선생님이 우리에게 참 잘해주셨지."

'아! 유현오, 유현오…. 승윤이라는 사람 편지에 나와 있던…'

형민은 놀랍고 신기한 인연에 가슴이 두근거렸다. 막연히 궁금해하던 당사자가 바로 눈앞에 나타나다니 놀라울 수밖에 없었다.

"우와! 우와…, 우리 선생님이 선배님 선생님이었다니, 선생님은 지금 잘 계세요. 여전히 문예반 맡고 계시고요. 저도 얼마 전부터 문예반에 들어가게 되었어요."

여기까지 얘기했을 때 다른 객실 손님들이 들어왔다. 현오와 그의 아내는 조식을 차려내느라 손길이 바빠졌다. 형민이와 엄마는 식사를 거의 마쳤기 때문에 일어섰다. 현오는 바쁜 손길에도 미소 지으며 손을 흔들었다. 형민은 얼마 전 방학하기 전에 있었던 선배들의 방문, 타임캡슐에 관해서도 이야기를 해줄 생각이었다.

'현오라는 사람, 생각보다 행복해 보여. 가정폭력 같은 건 다 잊어버렸나?'

형민은 기회가 되면 더 이야기를 나눠보고 싶었다.

"세상 참 좁다, 그치? 어떻게 여기에서 네 학교 선배를 만나니?"

객실로 올라가면서 엄마도 신기한 듯 다시 한번 놀라움을 표했다. 형민은 엄마한테 자신이 아는 것을 다 얘기하려다 말았다. 현오의 사춘기 시절 가정폭력과 부모님 불화 이야기가 이 좋은 곳에 와서까지 엄마와 아빠 관계를 떠올리게 하지 않을까 싶어서였다.

11. 아빠의 빈집

 형민 아빠는 청주 공항에 형민을 내려주고는 먼발치에서 형민 엄마를 확인한 후 다시 차를 몰고 집으로 돌아왔다. 집으로 오는 차 안에서 내내 아내가 생각났다.

 '집 나가서 더 잘살고 있다, 이거지. 나랑 형민이를 내버려 두고 어떻게 그럴 수가 있어?'

 한동안 잊고 있었던 화가 다시 올라왔다. 집에 있으니까 괜히 짜증만 나는 것 같아서 카센터로 가 계속 일만 했다. 늦게 일을 마치고 집에 돌아오자 다른 날보다 집이 더 텅 비어 보이는 것 같고, 거실이 그렇게 넓어 보일 수가 없었다. 일부러 주섬주섬 빨래를 챙겨서 세탁기에 넣고, 리모컨을 눌러 TV 채널을 처음부터 끝까지 돌려 봤지만, 딱히 볼 만한 것은 없었다. 3박 4일 동안 아들 없이 혼자 지내야 한다고 생각하니 이상하게 아내와 아들에게 버려진 기분이 들었다. 이럴 줄 알았으면 형민을 여행 보내지 말 걸 그랬다고 후회도 해보았다.

'만약에 형민이가 엄마 따라 성남으로 가버리면 어떻게 하지? 내가 뭘 잘못해서 요 모양 요 꼴이 되었지?'

낙동강 오리알같이 오늘따라 몹시 외로운 형민 아빠는 뒤척이다가 잠이 들었다. 꿈속에서 지인들과 등산을 갔다. 앞선 사람을 따라 허겁지겁 올라가다가 힘이 들어서 잠시 앉아 쉰다는 것이 그만 일행을 놓쳐버리고 말았다. 서둘러 다시 길을 나섰지만, 사람은 보이지 않고 주위는 점차 어두워지고 있었다. 설상가상으로 길까지 잃어버려 나무숲을 마구 헤매다 잠에서 깼다. 형민 아빠는 식은땀을 훔쳤다.

다음 날도 일찍 일어나 라면으로 아침을 대충 때우고 형민이 방문을 열어보았다. 빈 침대를 보며 어쩌면 아들이 영영 돌아오지 않을 수도 있겠다고 생각했다.

저녁에 퇴근하고 집으로 바로 가기 싫어서 술 사준다고 친구 하나를 불러냈다. 자리를 옮겨가며 밤 12시가 넘도록 마시다 술이 떡이 되도록 취해 그동안 아무에게도 말하지 않았던 집안 얘기를 자신도 모르게 해버렸다.

"야, 친구야, 나 요새 별거한다. 애 엄마가 집을 나가버렸어."

"어쩌다가? 뭔 일 있었냐?"

"내가 싫댄다. 같이 못 살겠대. 이혼해 달라고 하길래 안 해준다고 했더니 나가버리더라. 사실 나간 지 1년이 다 됐다. 야, 내가 뭘 그렇게 잘못했냐? 바람을 피웠냐? 때리길 했냐?"

"그렇지, 넌 그런 짓 할 놈은 아니지."

"내가 진짜 사는 게 사는 게 아니다. 집에 가도 집 같지가 않아."

"어쩐지 너 볼 때마다 뭔 일 있나 싶었다. 표정이 별로 밝지 않길래 몇 번 물어볼래다 말았다."

"우리 부부가 원래 곧잘 싸우긴 했지. 그래도 애가 아직 다 안 컸는데 집을 나가버리면 나 혼자 어쩌라고?"

"근데 같이 못 살겠다는 이유가 뭐라고 하디?"

"뭐 내가 너무 가부장적이고 자기를 무시한다나? 집에만 오면 꼼짝도 하지 않는다면서 얼마나 갈구는지, 잔소리 꽤나 들었다. 같이 있으면 자존감만 떨어지게 하고 화가 치밀어서 못 살겠다고 하더라. 야, 근데 남자들 다 그렇지 않냐. 여자가 좀 고분고분한 맛이 있어야 하는 거 아니냐고."

"흠…, 네 말을 들으니 좀 이해가 된다."

"그치? 이해가 되지? 우리 마누라 아주 이기적이야."

"아니, 너 말고 형민 엄마 말이야. 너처럼 생각하는 사람하고 살자니 속이 터졌겠네. 지금이 조선 시대냐, 요즘 시대가 어떤 시댄데 여자 남자 타령하고 있냐. 정신 차려."

"뭐라고? 너 지금 누구 편이야? 내 친구 맞아?"

"유치하게 편은 무슨 편이야. 흥분하지 말고 잘 들어봐. 나는 딸이 있어서 그런지 몰라도 내 딸이 나중에 너 같은 남자 만날까 봐 겁난다. 이제라도 잘 생각해봐. 입장을 한번 바꿔놓고 생각해 보라구."

"집안일하고 애 키우고 하는 건 당연히 여자 할 일 아니냐? 남자는 돈이나 잘 벌어다 주면 되는 거지. 그런 자잘한 일까지 같이 나눠서 해야 하냐?"

"야, 너 내가 생각한 것보다 심각하구나. 너 그럼 형민 엄마 집 나가고 집안일 해보니 그게 쉽디? 형민이 보살피는 거 쉬워?"

"형민이는 중학생이라 지 일 지가 알아서 해야지, 그리고 집안일은 그냥 대충 하고 산다. 밥은 거의 잘 안 해 먹어. 시켜 먹거나 라면 삶아 먹거나 외식해."

"해보니 힘들지? 네가 형민 엄마를 진정으로 생각한다면 그렇게 무시하면서 살면 안 되지. 애들 어릴 때 육아하는 게 얼마나 힘든지 남자들은 잘 몰라. 나도 우리 애 엄마가 애들 키울 때 사실 잘 몰랐는데 나중에 얘기하더라. 우울증 걸릴 것처럼 힘들었다고. 그래서 일찌감치 복직한 거고. 우리 애 엄마 복직하고는 나도 가사일 분담해서 했고. 근데 너는 일단 기본 마인드가 틀려먹었어. 인마."

"젠장, 조선 시대로 돌아가고 싶다. 왜 이렇게 살기가 힘들어?"

"너 형민 엄마 집 나가서 많이 힘들다면서 아직도 모르겠어? 부부가 서로 존중해야 평화가 유지되는 거야. 한쪽으로 기울어진 관계는 결코 둘 다 행복할 수 없어. 지금이라도 형민 엄마한테 잘못했다고 하고 잘 해봐. 그러다 영영 이혼당하지 말고."

그는 오늘따라 술맛이 너무 쓰다고 느꼈다. 집에 돌아와 무척 피곤한 상태인데도 잠이 오지 않았다.

'형민 엄마가 금쪽같은 형민이를 놓고 갈 정도면 얼마나 마음고생이 많았겠나 생각해봐.'

헤어지기 전 친구가 한 말을 곱씹었다. 살면서 자신이 했던 말이

나 행동으로 아내가 상처받았던 일들을 떠올렸다. 임신 중에 입덧하느라고 라면 냄새만 맡으면 토할 것 같다고 했는데도 아내가 보는 앞에서 라면을 끓여 먹었던 일, 배가 수박처럼 불러서 허리를 구부리기 힘들어 세탁기 안 세탁물을 꺼내기가 어렵다고 꺼내달라고 했을 때도 임신한 유세한다고 툴툴거렸던 일, 형민이가 3살 때 형민이 동생을 가졌다가 초기에 유산되고 집에서 이불 덮고 몸조리하고 있는 아내에게 퇴근한 남편 밥 안 해줄 거냐고 뭐라고 한 일, 아내를 울린 일은 그 후로도 많고 많았다. 그때마다 아내는 서운해서 화를 내거나 울었다.

'좀 심하긴 했어.'

그는 자신이 알게 모르게 상처를 많이 주었다는 사실을 새삼 깨달았다.

'내가 왜 그랬을까? 난 분명히 형민 엄마를 사랑했는데, 어쩌다 이렇게 나만 생각하고 살았던 거지?'

혼자 집에서 한숨을 쉬다가 형민이가 돌아올 것을 떠올리며 아들 방을 청소하기로 했다. 책꽂이에는 책들이 제멋대로 삐져나와 있었고, 책상 위에도 책들과 가방이 정리되지 않은 채 놓여 있었다. 어질러진 책들을 차곡차곡 정리하다가 연습장을 발견했다. 무심코 한두 장 넘겨보고 만다는 것이 형민이가 낙서해 놓은 글들과 그림을 보게 되었다. 새로미에 대해 쓴 글을 읽고는 '이 자식도 사춘기구나.' 하는 생각을 했고, 손가락 욕이 그려진 그림을 보고는 '어이쿠! 뭐 기분 나쁜 일이 있었나 보네.' 했다. 글짓기 글을 보고는 '글도 좀 쓰는걸?' 하면서 연습장을 흥미롭게 넘겨보았다. '꼰대 아빠'라고 쓰여있는 낙서를 발견하기 전까진 말이다.

꼰대 아빠, 그런 아빠를 닮지 않으려고 했다. 그런데 하필이면 내가 꼰대 짓을 해버렸다. 나도 모르게 후배한테 선배 노릇을 하려고 했다. 꼰대라는 소리를 듣는 순간 뚜껑이 확 열려 버렸다. 아빠한테 가장 싫다고 생각한 면이 나한테 나오다니 정말 싫다 ㅠㅠ

형민 아빠는 갑자기 눈 둘 데가 없어지고 다리에 기운이 빠져 자신도 모르게 연습장을 덮었다.

'우리 애가 나를 닮는 걸 싫어하는구나. 난 이제 어떻게 하지?'

12. 행복한 현오

　제주도 바닷가는 바람이 몹시 불었다. 그래도 다행히 우도 가는 배를 탈 수 있었다. 우도에 도착하니 앙증맞은 전기차들이 떼 지어 기다리고 있었다. 엄마가 전기차를 운전하고 형민은 옆에 탔다. 우도 바닷가를 따라 드라이브하다가 아무 데나 멈춰서 땅콩 아이스크림도 사 먹고 아메리카노도 마시고 깊이가 야트막해서 맑은 모래가 비치는 물빛 아름다운 바닷가를 걷기도 했다. 형민이 대여섯 살쯤 가족이 우도에 온 적이 있었다. 기억이 정확히 나는 것은 아니지만 바로 이런 얕은 바닷물에서 물놀이했었는데 '엄마는 알고 이곳에 차를 멈춰 선 것일까?' 하는 생각이 들었다.

　우도를 한 바퀴 돌고 나와서 오후에는 제주도 동쪽으로 한참을 달려 판포 포구에 도착했다. 이곳은 스노클링으로 유명한 곳이다. 다행히 극성수기가 아니라서 그런지 사람들이 그렇게 많지 않았다.

파아란 바닷물 속에서 튜브를 타고 둥둥 떠 있는 사람, 물속에 고개를 처박고 스노클링을 즐기는 사람 모두 자유롭고 즐거워 보였다.

형민은 수영복으로 갈아입자마자 신이 나서 물안경을 끼고 바다로 뛰어들었다. 수영을 잘하는 형민과 다르게 수영을 할 줄 모르는 엄마는 구명조끼에 튜브를 빌려서 허리에 끼고 조심스럽게 물속으로 들어갔다. 그래도 둘 다 신이 났다. 형민이 물속에 머리를 집어넣고 처음 본 것은 작은 물고기들이었다. 물고기들은 떼 지어 다녔다. 물고기들의 움직임이 살랑살랑하니 가벼워 보였다. 형민도 물고기처럼 몸이 가벼웠으면 좋겠다고 생각했다.

그날 저녁을 먹자마자 피로에 지친 엄마는 일찍 잠이 들었다. 아직 밖은 환했다. 형민은 펜션 앞마당으로 나갔다. 잔디밭 가에는 코스모스가 산들산들 흔들리며 피어 있었다. 그 옆으로 등받이가 있는 나무 그네가 있었는데 현오 딸로 보이는 귀여운 여자애가 타고 있었고 현오 아내가 그네를 밀어주고 있었다. 여자애는 깔깔거리며 더 세게 밀어달라고 하고 있었다.

"산책 나왔어?"

현오가 쟁반에 유리병과 컵을 받쳐 들고 나타났다.

"네, 딸인가 봐요?"

"응. 이제 5살이야. 자, 너도 수박 주스 먹어봐. 내가 방금 갈아
왔어."

현오는 주스를 컵에 따라 주었다. 그러고는 그네 앞으로 다가가 주
스 컵에 빨대를 꽂아주며 무릎을 굽혀 앉아 딸 얼굴을 보고 말했다.

"우리 딸, 이거 먹어. 오늘 저녁 후식은 주스야."

여자애는 굵은 빨대로 쪽쪽 소리를 내며 맛있게 먹으며 중간중
간 해맑게 웃었다.

"아빠, 맛있어."

여자애가 현오를 향해 엄지를 추켜세우자 현오는 자신의 주스 컵을 딸의 컵에 살짝 부딪치며 건배를 했다. 형민은 그런 현오네 가족을 보며 참 보기 좋다고 생각했다. 어느새 해가 뉘엿뉘엿 지고 주위는 시나브로 어두워지고 있었다. 현오 아내는 딸 동화책 읽어 준다고 먼저 들어갔다.

"저녁 바다도 멋있지 않니?"

현오와 형민은 나란히 그네에 앉았다.

"바다는 언제 봐도 멋져요."

"엄마는 주무시고?"

"네. 오늘 많이 돌아다니셔서 피곤한지 일찍 주무시네요."

"엄마와 둘이 여행 왔다니 좋아 보여. 나도 결혼 전엔 엄마와 둘이 살았거든."

형민은 자신도 모르게 가족 얘기를 꺼냈다.

"사실은 엄마랑 아빠랑 별거 중이에요. 저는 아빠랑 살고 있는데 방학이라 엄마랑 둘이 여행 온 거예요. 그래서 엄마랑 여행 온 게 좋기는 하지만 집에 있는 아빠도 생각나고 또 오랜만에 엄마와 같이 있는 시간이라 약간 어색한 것도 있고 그래요."

"그랬구나. 나도 예전에 마음이 복잡한 적이 있었지."

안 그래도 물어보고 싶었던 참이라 현오에 대해 조심스럽게 물어보았다. 뜰에서는 어디선가 풀벌레 소리가 들렸다.

"부모님 때문에요?"

"응, 우리 아버지는 가정폭력을 휘둘렀어. 술만 먹으면 엄마를 못살게 굴었고 나도 예외는 아니었지. 어떨 때는 화분이 깨지기도 했고 컵이 날아가기도 했어."

"무서웠겠네요?"

"그랬지, 나보단 엄마한테 욕하고 때렸는데 엄마가 맞받아치거나 반항하면 더 때렸어. 그걸 말리면 나도 손찌검을 당했지. 그래서 엄마는 나더러 방에 들어가 문 잠그고 나오지 말라고 했었어. 엄마가 반항하지 않고 있으면 적어도 나한테까지는 손찌검이 오지 않았거든. 하지만 엄마가 매번 그렇게 당하게 놔둘 수는 없었어. 어릴 때는 귀를 막고 내 방에 웅크려 울고 있었지만, 중학생이 되니까 도저히 못 참겠더라."

"신고했어요?"

"맞아. 여러 차례 생각한 끝에 한번은 경찰에 신고했어. 그랬는데 경찰이 왔을 때 아버지가 집안일이니까 알아서 하겠다고 가라고 하니까 경찰은 조심해 달라고 하면서 그냥 가더라고. 기가 막혔어. 그때만 해도 가정폭력을 집안일이라고 치부하기 일쑤였지. 경찰도 우릴 구해주지 않아서 다음부턴 내가 나섰어. 때리는 엄마를 말리고 나도 여러 번 맞기도 했지. 난 아버지를 죽이고 싶다는 생각을 많이 했어. 하지만 그럴 수는 없는 일이었지. 그냥 아버지가 죽기를 바랐어. 엄마와 내가 평화롭게 살기를 바랐지. 그리고 엄마를 위해서 할 수 있는 일이 뭘까를 생각해서 공부를 열심히 했지. 할 수 있는 한 학교생활을 열심히 했어. 그리고 엄마를 도와 집안일도 열심히 했고."

"그런 가정환경에도 엄마를 위해 공부를 열심히 했다니 놀라워요. 저는 부모님 때문에 짜증 나서 공부가 하기 싫던데."

"어느 날 술 먹고 집에 오던 아버지가 교통사고로 갑자기 돌아가셨어. 그때를 생각하면 지금도 기분이 이상해. 뭐랄까, 멍한 기분? 전혀 슬프지 않았어. 바라던 대로 막상 죽고 나니, 마치 내가 저주라도 내려서 그렇게 된 것 같은 생각이 들었어. 아버지가 없어졌으니 이제 폭력에서 벗어났는데 마냥 좋을 수 없는 복잡한 기분이었지. 좀 무섭기도 했고 가족이 죽었는데 슬프지 않다는 사실이, 죄책감이 나를 괴롭혔어. 결국, 나는 엄마한테 그런 내 마음을 털어놓았고 알고 보니 엄마도 마찬가지 심정을 안고 계셨더라고.

우리는 한동안 정신과에 다니며 의사가 소개해준 상담사에게 상담을 받았어. 덕분에 가족으로부터 폭력피해를 본 피해자로서 겪은 고통을 이해받았고, 그런 감정은 충분히 생길 수 있다는 것을 알게 되었어. 가족이라는 이유로 아버지가 저지른 폭력을 정당화할 수는 없다는 것, 좋은 가족이었다면 슬픈 감정이 당연하겠지만 폭력 가해자로서의 가족이 죽었는데 굳이 가족이라는 이유만으로 남들과 똑같은 감정을 느껴야 할 필요는 없다고 했어. 그 말이 많이 위로가 됐고 시간이 한참 흐른 뒤에야 아버지가 불쌍하게 느껴졌지. 아버지의 인생이 안쓰럽게 느껴진 거지. 그런데 내가 별 얘기를 다 하는구나."

형민은 자신에게 솔직히 예전 일을 털어놔 준 현오가 고마웠다.

"저는 자꾸만 부모님 사이가 좋지 않은 게 저 때문인 것 같아요. 너무 장난을 많이 쳐서 아니면 공부를 못해서…. 엄마가 그게 아니라고 했지만요. 제가 말썽을 피울 때마다 두 분이 싸웠거든요. 근데 저는 지금 더 공부를 안 하게 되고 멋대로 되라 이런 기분이 자꾸 들어요."

"너도 아직 어린데 힘들겠구나."

"엄마가 집을 나가면서 데리고 나가려고 했을 때 마음속으로는 엄마를 따라가고 싶었지만 따라가지 않았어요. 따라가면 영영 이혼할까 봐서요. 저는 부모님이 이혼하는 것을 원하지 않거든요. 아빠 옆에 있어야 언젠가 엄마가 돌아올 것 같아서요. 그치만 지금 1년이 넘었는데 부모님 사이는 여전히 냉랭해요."

"어른들 관계를 네가 어떻게 해보려고 하는 것은 어쩌면 욕심일 수 있어. 만약 두 분 관계가 좋아지면 다행이지만 혹시 그렇게 되지 않더라도 네 잘못이 아니야. 어른들 관계는 두 분이 알아서 하게 놔두고 너의 인생을 살아. 너는 너의 삶이 있잖아. 소중한 하루하루를 부모님 때문에 망치지 않았으면 좋겠다."

"나는 나의 삶이 있다…."

형민이는 밤바다를 바라보며 조용히 따라 말해보았다.

"우리 모두 자신에게 주어진 인생이 있지. 물론 혼자 살아가는 것이 아니라서 가족과 친구들의 영향을 많이 받으면서 살아. 그렇지만 중요한 건 자신을 잃어버리면 안 된다는 거야."

"나 자신을 잃어버리면 안 된다?"

"응. 비바람에 휩쓸려서 갈팡질팡하는 낙엽이 되지 말고 단단한 바윗덩이가 되어야 한다는 얘기야. 나도 아버지가 그렇게 떠나고 나서 한동안 마음이 좋지 않았지만, 그 시기를 거치고 나니 마음이 편안해졌고, 그제야 내 인생이 얼마나 소중한지 알게 되었어. 그러니까 조금 흔들리기는 해도 너 자신을 함부로 대하진 마."

"내키는 대로 제멋대로 사는 게 결국 나 자신을 함부로 대하는 것이었네요."

"네 인생을 어떻게 살지, 어떤 일을 할 때 가장 행복한지 가만히 생각해 보렴. 그걸 어딘가에 써놓는 것을 추천하고 싶다."

"그렇군요. 멋진 말씀인 것 같아요. 아저씨, 지금 제주도에서 이렇게 사는 모습, 참 좋아 보여요."

"그래, 난 아주 행복해. 아내와 함께 펜션을 운영하면서 마당을 가꾸고 같이 음식을 하고 방을 정리하면서 하루하루 행복해."

형민은 현오가 사춘기 때 우울했을 것 같은 모습이 떠올랐다.

'아, 맞아. 현오 아저씨 손톱 물어뜯는 습관이 있었지?'

현오의 손톱은 멀쩡했다. 거스러미도 없고 흉터도 하나 없이 깨끗했다. 지금 이렇게 밝고 행복한 모습을 보니 이상하게 형민의 기분도 좋아졌다.

"참, 얼마 전에 우리 선생님 문예반 제자들 몇 명이 학교로 와서 타임캡슐을 꺼냈던 일이 있어요."

"타임캡슐? 타임캡슈울! 기억난다. 맞아. 우리 친한 애들 몇 명이 문예반 동아리실 뒷마당에 타임캡슐을 묻은 적이 있었지, 15년 뒤인 서른 살에 모여서 캐보기로 했었는데…. 난 까맣게 잊어버리고 있었어. 너도 거기 있었나 보네? 뭐가 들어있는지 봤니? 난 그때 뭐를 넣었더라…."

"편지가 여러 통 나왔고요, 인형도 있었고 문구류도 있었어요. 다마고치 같은 장난감도 들어있더라고요."

"타임캡슐 꺼낼 때 재미있었겠다. 그때 온 애들은 누굴까? 넌 누가 왔는지 이름을 잘 모르지? 애들 많이 변했을 텐데, 내가 고등학교 졸업하고 제주로 온 데다가 따로 연락을 주고받지 않아서 애들이 통 어떻게 지내는지 모르거든."

"선생님이 소개해주셔서 이름 알아요. 김승윤, 공지수, 우기남 이렇게 세 분이었어요."

"아, 그래그래. 걔네들 생각나. 난 승윤이랑 많이 친했었는데…."

"지금이라도 연락하면 되잖아요? 제가 선생님께 얘기해서 연락처 알려드릴까요?"

"아니야, 내가 어차피 선생님께 안부 인사드릴 겸 연락드리면 되지. 다들 어떻게 살고 있을지 궁금하다. 이참에 친구들한테 연락해서 제주도에 한번 놀러 오라고 해야겠어."

형민은 자신이 마치 끊어진 친구 관계를 이어주는 역할을 한 것 같아 내심 뿌듯했다. 핸드폰을 보니 어느새 밤 10시가 넘었다.

"얘기가 생각보다 길었구나. 피곤하겠다. 어서 들어가 쉬렴. 오늘 얘기 나눈 거 좋았다."

"저야말로 좋은 얘기 감사했어요."

자리에서 일어서는 형민은 까만 하늘에 별이 유난히 총총하다는 것을 발견했다. 잠자리에 들자마자 이내 곯아떨어졌다. 다음 날 엄마가 일어나라고 깨우자 형민은 때아닌 어리광이 부리고 싶어져서 눈을 감은 채로 말했다.

"더 자면 안 돼?"

"맛있는 아침 건너뛰게?"

아침을 생각하니 눈이 저절로 떠졌다. 아침 식사를 하러 나가면서 엄마는 형민이 팔짱을 슬며시 꼈다.

"우리 아들~."

형민은 엄마와 처음 껴보는 팔짱이 어색했다. 엄마와 다정하게 팔짱 끼고 쇼핑을 하거나 산책을 해본 적이 없었다. 형민은 슬며시 팔짱을 풀면서 미안한 듯 엄마에게 말했다.

"엄마, 팔짱은 나랑 낄 게 아니라 아빠랑 끼라고."

"야, 팔짱 같은 소리 마라. 제주도에서는 아빠 얘긴 안 하고 싶다. 그나저나 오늘 조식은 뭐가 나오려나?"

화제를 재빨리 돌리는 엄마를 보면서 형민은 아쉬움에 입을 삐죽 내밀었다. 엄마와 아빠가 합치든 지금처럼 떨어져 있든 역시 신경 쓰지 않는 것이 정답이었다. 엄마가 보고 싶으면 언제든 보면 되고 자신은 이제 어린애가 아니니까 엄마가 바로 옆에 있지 않아도 잘 살아갈 수 있을 것 같았다. 물론 엄마가 옆에 늘 있으면 훨씬 편안하고 좋긴 하지만 지금 상황에서는 무리한 욕심일 뿐이라는 생각이 들었다. 지금 상황을 그냥 받아들이고 이 상태에서 자신이 할 일을 하는 것이 현명하다고 생각했다. 그렇게 마음을 정리하고 나니 아빠와 엄마의 거리를 억지로 좁힐 필요가 없다는 생각이 들었다.

셋째 날도 미세먼지 없이 깨끗했다. 여름 무더위가 막바지 기승을 부리고 있었지만, 시간이 아까워서 렌터카 에어컨을 빵빵하게 틀어놓고 제주도의 이곳저곳을 돌아다녔다. 제주도는 카메라가 좋아하는 곳이겠다 싶었다. 눈 돌리는 곳마다 아름다운 풍경이 펼쳐져 있었다. 까맣고 구멍이 숭숭 뚫린 현무암을 손수 쌓아 올렸을 것 같은 담장의 아담하고 푸근한 느낌이 그랬고, 춥기로 유명한 제천에는 절대 없을 키 큰 야자수도 이국적이었다. 섭지코지에 가서 짙푸른 바다를 내려다보고 파란 하늘을 배경으로 사진도 여러 컷 찍었다. 근처 아쿠아플라넷에 들어가 커다란 가오리가 망토같이 양팔을 유연하게 흔들며 헤엄치는 모습을 보았다. 가오리 얼굴은 사람 얼굴과 비슷해 보였다. 보고 또 보고 나서 가오리도 얼굴이 모두 똑같지 않다고 생각했다.

해가 서쪽으로 많이 기울어 갈 때쯤 비자림을 걸었다. 햇볕이 잘 들어오지 않는 작은 오솔길 구간이 평화롭게 느껴졌다. 문득 새로미가 떠올랐다. 새로미에게 좋은 방법으로 마음을 전했다면 혹시라도 우리 관계가 진전이 있었을까 하는 생각이 들었다. 새로미와 좋은 친구가 되고 싶었는데…. 머릿속으로 새로미 손을 잡고 비자림의 이 조용한 구간을 같이 걸으면 참 좋겠다고 생각했다가 이내 마음을 내려놓았다.

꿈 같은 3박 4일의 제주도 여행을 마치고 제주 공항으로 갔다. 엄마는 면세점에 들러 코털 제거기를 사서 형민에게 주었다.

"이거 네가 샀다고 해."

"왜? 엄마가 사줬다고 하면?"

"으이구, 그 인간이 괜히 오해할까 봐 그렇다. 아빠 코 밖으로 털 삐져나온 거 남들이 욕할까 봐 하나 샀으니 잔말 말고 네가 사 온 거라고 하면서 드려."

"오케이, 내가 그 정도 센스도 없을까 봐?"

형민은 가벼운 발걸음으로 비행기에 올라탔다. 많이 타본 것은 아니지만 비행기에 탈 때마다 비행기를 만든 사람이 대단하다고 느꼈다. 무거운 고철 덩어리에 사람이며 짐을 잔뜩 싣고 하늘을 나는 비행기가 어렸을 때부터 신기하기만 했다. 형민은 창가 좌석에 잽싸게 앉았다. 비행기에서 바깥을 내다보는 것이 얼마나 재미있는 일인가? 비행기가 이륙할 때는 가슴이 뛰었다. 착륙할 때는 아무렇지 않은데 이륙하는 것은 이상하게 심장이 '쿵!' 한 느낌이 마치 다른 세계로 순식간에 이동하는 느낌이 들었다. 창밖을 내려다보니 순식간에 멀어지는 제주 섬과 은빛으로 반짝이는 바닷물결이 보였다.

'안녕~ 제주도, 안녕~ 현오 아저씨.'

문득 현오라는 사람이 떠오르면서 다정한 그의 아내와 귀여운 딸의 얼굴이 겹쳐졌다. 옆자리 엄마는 잠을 자려는지 눈을 감고 있었다. 형민은 엄마의 손을 가만히 잡았다. 아직 잠들지 않은 엄마는 눈을 감은 채 형민의 손을 살짝 힘주어 잡으며 말했다.

"우리 귀염둥이."

"우리 귀염둥이? 우리?"

"어유, 얘가 뭐래? 그냥 너 귀엽다고."

엄마는 눈을 뜨고 형민 얼굴을 꼬집으며 말했다.

"우웩! 간지러워. 얼른 주무세요. 잠꼬대 그만하시고."

엄마는 다시 눈을 감으며 슬며시 미소를 지었다. 형민은 가만히 창밖을 내다보았다. 비행기 아래로 하얀 구름이 솜이불 펼쳐놓은 것처럼 깔려있었다. 가방에서 수첩을 꺼냈다.

엄마, 이번 여행 너무 좋았어. 엄마와 보낸 3박 4일도, 현오 아저씨 만나서 좋은 얘기 나눈 것도. 엄마가 집 나가서 무척 외롭고 서운했지만, 엄마는 엄마의 인생이 있다는 것을 이해하게 되었어. 엄마랑은 더 많이 대화하고 얼굴도 자주 보면 돼. 그리고 나도 내 인생이 있어! 가끔 흔들릴 순 있지만 나를 함부로 하지 않을 거야. 아직은 내가 무엇을 하고 싶은지 잘 모르겠지만, 적어도 생각 없이 저지르는 일은 하지 않으면서 살아갈 거야.

13. 청주 공항에서

잠깐 졸았나 싶었는데 금방 청주 공항에 도착했다는 방송이 들려왔다. 엄마와 이제 또 헤어져야 한다고 생각하니 형민의 마음이 편치 않았다. 그런데 엄마가 먼저 아쉬움을 전했다.

"형민아, 벌써 도착이다. 우리 아들하고 여행한 거, 너무 짧았어. 금방 지나가 버렸네."

"엄마, 그럼 그냥 집으로 같이 가는 건 어때?"

형민은 엄마를 향해 애교 섞인 웃음을 보이며 말했다.

"너 그 말 나올 줄 알았어. 너나 나 따라와."

"힝."

엄마는 칼로 두부 자르듯 단호했고, 형민은 머리를 긁적이며 엄마를 따라 수하물 찾는 곳으로 향했다. 캐리어를 찾느라 잠시 기다리는 시간에 엄마는 곧 있을 한동안의 이별을 준비하는 듯 형민의 손을 잡고 한마디 했다.

"형민아, 엄마는 집으로 다시 돌아갈 마음은 없어. 그치만 엄마가 옆에 없다고 마음도 옆에 없다고 생각하지 마. 난 늘 널 생각하면서 살고 있어. 성남에서 차츰 자리를 잡고 있으니까 언제라도 엄마 옆으로 오고 싶으면 말해."

"만약 아빠가 달라진다면 돌아올 거야?"

"…"

엄마는 쓴웃음을 지으며 컨베이어벨트를 바라봤다. 잠시 후 둘은 캐리어를 찾아 나왔고, 나오자마자 아빠가 바로 보였다. 그 모습을 보곤 엄마는 표정이 굳어졌다. 아빠는 웃으며 형민의 캐리어 손잡이를 잡았다.

"형민아, 제주 여행 재미있었어?"

"네, 아주 좋았어요."

아빠는 엄마를 보고 어렵게 용기를 낸 듯 어색하게 한마디 했다.

"형민이 데리고 여행하느라 수고했어."

엄마는 뜻밖의 인사에 살짝 놀란 듯 고개를 들었지만 이내 심드렁하게 맞받아쳤다.

"수고는 무슨, 내 자식 데리고 여행하는 게 뭐가 힘들다고."

엄마는 아빠 얼굴을 짐짓 피하며 형민에게만 다정한 미소를 보였다.

"그럼 난 이만 갈게. 형민아, 잘 가고. 사진 찍은 거 카톡으로 보내줄게."

"응, 엄마, 잘 올라가."

형민은 손을 흔들며 아쉬움을 달랬고 엄마는 그렇게 또다시 떠나갔다.

형민 아빠는 뭔가 더 말하고 싶은 것이 있는 듯했으나, 아내가 빈틈을 주지 않자 포기한 듯 형민의 캐리어를 끌고 주차장으로 향했다.

차에 올라타자 형민은 가방에서 무언가를 꺼내 아빠에게 건넸다.

"아빠, 이거 엄마가 아빠 주래요. 선물."

"나 주라고? 네 엄마가? 이게 뭔데?"

아빠는 선물을 바로 뜯어보았다. 고급 코털 제거기였다. 재빨리 룸미러로 코를 확인해보았다. 평소에 생각지도 못한 코털이 두어 개 삐져나와 있었다. 코털 제거기를 작동시켜 콧구멍 안에 조심스레 넣었더니 '윙~' 하는 소리와 함께 순식간에 깨끗해졌다.

"이거 좋네? 진작에 코털 좀 정리하고 다닐 걸 그랬네."

둘은 제주도 여행 이야기를 나누며 집으로 갔다. 도착하자마자 가방을 정리하고 빨랫거리를 세탁기에 넣고 돌렸다. 엄마가 사준 백년초, 녹차 초콜릿을 아빠와 나눠 먹으며 짐을 정리했다. 피곤했지만 아빠가 미리 방을 깨끗이 청소해놓아서 기분이 산뜻했다.

"방을 치워주셨네요. 앞으로는 제 방은 제가 청소할게요."

"어이구, 우리 형민이가 철들었네."

아빠는 주방으로 가서 냉장고를 열며 말했다.

"저녁 뭐 먹고 싶어? 내가 해줄게."

"정말요? 저 김치찌개 먹고 싶어요."

"오케이! 참치? 돼지고기?"

"돼지고기요."

형민은 아빠가 해준 음식을 몇 번 먹은 일은 있지만, 대부분 라면이나 볶음밥 정도였다. 그래서 아빠가 김치찌개를 해준다고 하니 무척 반가웠다.

"돼지고기 있어요? 마트에 가서 사 올까요?"

"돼지고기는 있어. 두부만 사 오면 되겠다."

"옛썰!"

형민과 아빠는 같이 요리를 했다. 둘이 살기 시작한 이후로 이렇게 무언가를 같이 적극적으로 해보긴 처음이었다. 형민은 아빠와 같이 요리하는 게 좋았다. 유튜브를 켜놓고 요리 영상을 보면서 서툴지만 열심히 하는 아빠 모습이 보기 좋았다.

"맛있어야 할 텐데, 간 좀 볼래?"

이마에 땀이 맺힌 아빠는 뻘건 국물을 숟가락으로 퍼서 호호 불어주며 형민에게 내밀었다.

"어? 이상한데? 왜 맛있지?"

"그거 칭찬이지? 나도 먹어볼까?"

"진짜 맛있어요."

아빠는 웃음을 터뜨리며 맛을 보았다.

"먹을 만하네, 다행이다. 얼른 먹자."

둘은 상을 간단히 차리고 뜨거운 김치찌개를 맛있게 먹었다.

"아빠, 저 없을 때 뭐했어요?"

"너 없으니까 되게 허전하더라. 나 너한테 잘해야겠어."

"그래서 엄마 따라가려다 집으로 왔어요. 아빠가 너무 심심할까 봐."

형민은 아빠를 향해 웃으며 말했다.

"며칠 동안 생각 많이 했다. 그동안 너나 네 엄마한테 너무 함부로 한 것 같아. 나만 생각하며 살았더라구."

"아빠…."

"내가 좀 꼰대 같았지? 앞으로는 달라지려고. 아빠가 꼰대 짓을 하면 옆에서 알려줘라. 고쳐나갈게."

"저도 잘할게요. 그동안 부모님 원망하면서 제멋대로 행동한 거 죄송해요."

"아니다. 아직 어린 너한테 좋은 모습 보여주지 못해 미안했다. 사실 엄마가 집을 나간 것도 내 탓이지 뭐. 돌아올지 어떨진 모르지만 적어도 너한테라도 좋은 아빠가 되고 싶다."

"저 없는 사이에 아빠 뭔 일 있었어요?"

진지한 분위기를 이기지 못하고 형민은 또 우스갯말을 해버렸다.

"생전 안 하던 요리를 해주니까 뭔 일 있는 거 맞네."

아빠도 웃음으로 받아쳤다.

"나도 이제 철들려고. 내가 나만 생각하고 사는 동안 네 엄마는 많은 상처를 받았고, 그 상처가 너에게 고스란히 전해진다는 것을 미처 생각하지 못했어. 결국, 내가 별생각 없이 저지른 말과 행동은 나한테 부메랑처럼 돌아오더라."

아빠는 김치찌개 국물을 한술 뜨며 담담히 말했다.

"맛있는 김치찌개 다 식겠다, 어서 먹어라."

"네, 아빠."

"내일은 뭐 해줄까. 먹고 싶은 거 있음 다 말해."

"우와! 그럼 멘보샤도 가능해요?"

"뭐? 멘보샤아~?"

"농담이에요, 아무거나 다 좋아요."

"한 달만 기다려라. 내가 그 안으로 해줄게. 대신 내일은 카레, 오케이?"

"오케이! 굿굿!"

형민은 쌍엄지를 세우며 아빠를 보고 웃었다.

"오늘 저녁, 참 맛있다. 오랜만에 이렇게 맛있게 먹는 것 같구나."

창밖엔 노을이 붉게 물들고 있었다. 8월도 끝나가고 어느덧 선선한 바람이 불기 시작했다. 끝.